清水　明

現代(いま)に生きるサマセット・モーム

音羽書房鶴見書店

まえがき

昨年当初、『ゴーギャン　タヒチ、楽園への旅』（エドゥアルド・デルック監督）というフランス映画が公開された。ゴッホを描いた映画は『炎の人、ゴッホ』（米ヴィンセント・ミネリ監督）、『夢』（黒沢明監督）など、時々上映される機会があるものの、ゴーギャンを主人公にした映画は珍しい。パリでのゴーギャンの家族関係や一九世紀末の芸術家サロンでの友人たちとの交流を挟んで、現地ロケが敢行されたタヒチにおける名画を生んだ背景と、絵画のインスピレーションになった女性や島の人たちとの生活が描かれており、しばし見入ってしまった。むろん、ゴーギャンをモデルにしたとされる小説、『月と六ペンス』（一九一九年）を思い浮かべながらである。もっともこの映画はサマセット・モームの小説とは直接関わりはない。この作品は、モームの名声を一気に広めた作品であり、二〇一九年が、本作の出版百周年となる節目の時になることに感慨をいだいたものである。

筆者は学部生時代の授業で初めて彼の名を知り、その後彼の代表作『人間の絆』にふれ、言葉に出来ない感銘をうけた。とりわけ、主人公の「孤独」「劣等感」が詳細に描かれているところだ。卒業論文でも同作を取り上げた。その時は、作品の主要人物像やモームの芸術観、人生観をそれなりに理解はしていたつもりであった。ところが、今読み返すと、半世紀前にこの大河小説に初めて接したときの感動は変わらないものの、年齢を重ねて得た経験からか、こうも読めるのではないかという点を明らかにしておきたい気持ちが強まってきた。モームの作品の主要なものは、ほぼ発行時、各世代から大きな一般的評判を得たと思われ、彼は世界的人気作家になったが、一方、時代を経て同一の読者が改めて作品に目を通すと、新たな「風景」を目にすることがよくあるとすれば、それこそ、文学（芸術）の普遍的存在価値を主張できる根拠となろう。

本書では、その辺を念頭におきながら、作家モームの特質を、彼のその他の主要作とともに考える。主要作といっても、取り上げるべき、長篇、短篇及び戯曲が扱われていないという声もあるかもしれないが、現時点でいうべきことは、本書で取り上げたつもりであるので、もし今後幸いにも機会に恵まれれば、今回ふれえなかった作品にも光をあてたいと思っている。また、各章には筆者の旧稿による考察が多く含まれているが（大学の紀要論文や研究誌などに発表したものなど）、出来るだけ、モームに今までふれたことのない読者にも興味をもって読んでいただけるようにと心がけたつもりである。

清水　明

二〇一九年十一月

目次

第一章
デビュー作『ランベスのライザ』をめぐって

東京渋谷と北九州市で二〇〇八年、「ミレイ展」（北九州市立美術館、六月七日〜八月一七日、BUNKAMURAザ・ミュージアム、八月三〇日〜一〇月二六日）が開催されたことがある。ラファエル前派の結成に関わるジョン・エヴァレット・ミレイ（John Everett Millais, 1829–1896）の代表作ともされている「オフィーリア」が展覧会の柱だった。宗教、歴史、文学などを素材にしたものや、肖像画、風景画、風俗画といった多様なジャンルの作品を網羅したカタログにはヴィクトリア朝の社会問題を取り上げた作品がいくつかあって興味深い。その中で「ため息の橋」（'The Bridge of Sighs', 1858）と題する小型のエッチング（17.7×12.5cm）が、あまり人目をひかずにひっそりと館内の壁面を飾っていた。版画に描かれている「ため息の橋」とは、一八一七年に建造され、一九三六年に取り壊された旧ウォータルー橋のことだ（現在の橋は一九四二年に完成）。暗い遠景に橋のシルエットが浮き上がり、絵の前景にあるテムズ河畔に、赤ん坊を隠して抱いているようにみえる黒の外套を身にまとった若い女性が佇んでいる。この作品が描かれた時代、同所は「ため息の橋」とか「自殺のアーチ」として知られていた。とりわけ、不義の子どもを産んだ女たちの絶望の場所であったという。[1]

筆者は、サマセット・モーム（William Somerset Maugham, 1874–1965）のデビュー作『ランベスのライザ』

1–1「ため息の橋」1858年
ジョン・E・ミレイ作

(*Liza of Lambeth*, 1897)[2]の結末が、もし彼の書いたものと異なり、ヒロインのライザが生きながらえて、「父親のいない」子どもを産んでいたら、ミレイの描いた女性の運命に重なるところだったのだろうか、などと勝手に想像を膨らませながら、「ため息の橋」を見ていた。むろん、「ため息の橋」の時代と『ランベスのライザ』のそれとは大分ずれてはいるし、モームの意図が自然主義的作家によく見られる社会悪の暴露や時代批判に必ずしもあるとは思われないので、見当違いな連想かもしれない。

さて、小説『ランベスのライザ』についてだが、当時テムズ川南岸にあった貧民街ランベス地区、ウェストミンスター・ブリッジ・ロード沿いの町内に小説のヒロインと母親の住まいがある。その地域一帯は、ウォータルー橋やロンドン有数のターミナル、ウォータルー駅（一八四八年開業）にも近い。ヴィクトリア朝の大英帝国の繁栄から取り残されたランベスに暮らす人々の生活が彷彿として現出しているのは、セント・トマス病院付属医学校の実習生として若きモームが病院周辺に往診に出る時、警官が入り込むことも躊躇するような物騒な路地であっても、医者の黒鞄がいわば護符となって、貧しい人たちの実相に直接触れることが出来たからである。[3]

中世以来の伝統と歴史あるセント・トマス病院は、ウォータルー橋から少し離れたウェストミンスター橋に近い国会議事堂の対岸にその威容を見せている。そのあたりの地理の知識を自家薬籠中のものとしながら、青春ただ中にいるモームが、同時代の名もなき人々の喜怒哀楽に興味と時に共感を寄せつつも、いたずらに感傷を交えず、下町言葉を効果的に用いてそれらを生き生きと描き出している。

黒い目をしたライザ・ケンプは芳紀まさに一七歳、恋心を寄せるトムという若者もいる。しかし、小説冒頭、季節は八月、町内のダンス合戦が済んだ折り、最近越してきた妻子持ちの中年男ジムと出会い、思わずその誘惑に応じてしまい、抜き差しならぬ関係を持つことになる。やがて季節が移ろい、晩秋になる頃、ロンドンは寒々とした光景を呈して、人目を忍ぶ恋人たちにとっては一見耐え難い環境となる。二人の逢引きの場所は、元々近隣の者に知られぬようにと川向う（エンバンクメント）の公園などであり、寒くなってからはチャリングクロス駅やウォータルー駅三等待合室が多くなってくるのだった。

1–2 世紀末のロンドン・ランベス地区

若さにあふれ人生への前向きな姿勢が印象的なライザは、リュ－マチを患い、愚痴を言い続ける母親の面倒を見るのが必要だと考えているため、ジムから同棲しようと言われても、それを理由に断っていたが、この間妊娠してしまう。だが二人の関係に気付いたジムの妻によって、彼女は手ひどいけがを負わされたため、それがもとで命を落としてしまうのだった。

しかしはた目には惨めに見える下町での貧乏暮らしを享受し、

ある時には慈しんでいるかのようなライザの恋は、その短い生涯の中で最高に輝く瞬間であったに違いない。実は、彼女は幸いにもいわば恋の絶頂で亡くなったとは言えないだろうか。場合によっては、ジムが心変わりをしてしまい、棄てられて、あのウォータルー橋を彷徨することになったかもしれない。あるいは、いつかお互いが無関心になるという、恋愛の真の悲劇に遭遇する可能性もあるかもしれなかったのである。なお、後者をテーマにした状況設定は、モームによってその後しばしば用いられるようになる（短篇「赤毛」など）。

『ランベスのライザ』は、その後、劇作家としても一時代を築くモームにいかにもふさわしく、ロンドンのミュージック・ホールや芝居小屋への言及や描写が何か所かあり、楽しめる。ミュージック・ホールは、「食事や酒をとりながら歌、踊り、アクロバットなどの芸を楽しむ演芸場。初めは酒場に付属した娯楽場であったが、劇場認可制の法の目をくぐって小劇場へと発展。一九世紀から第一次世界大戦にかけて盛況をみせたが、戦後は映画に押されて人気が衰えた」という。(4)

実際、小説中において、これらの娯楽が人々にいかに持てはやされていたかが窺えよう。そして物語の冒頭、イタリア人の辻楽士の音にあわせてライザたちが路上で踊る場面は、あたかもミュージカルや舞台の一場面を見ているようだ。また、作中の人物は、当時のミュージック・ホールなどから生まれたポピュラー・ソングを口ずさむ。ちなみに、一九世紀後半より二〇世紀初頭にかけてイギリスの庶民娯楽文化の一翼を担ったミュージック・ホールの第一号「カンタベリ」の名前が小説の冒頭でも言及されているが、実際このランベス地区が、ミュージック・ホールの発祥の地だったという。(5)

関連して付け加えると、後年の『人間の絆』の魔性の女（ファム・ファタール）的ミルドレッド・ロジャーズが、主人公フィリップ・

1–3 ロンドン、サウスバンク・センター
筆者撮影 1994 年

1–4 20 世紀初頭のウェストミンスター橋の交通風景

ケアリの前から永久に姿を消す場面がオックスフォード通りのミュージック・ホールの入り口であった！（同書一〇九章）ランベス及び周辺のテムズ南岸は二〇世紀を通じて再開発され、現在では様相が一変している。演劇、映画、音楽、美術の一大文化施設がそびえ、またロンドン・アイという大観覧車が作られてあまたの観光客を引寄せている。今日、「警官が入り込むことも躊躇するような物騒な路地」が密集していた若き日のモームの時代を想像するのは難しい。

　実際また、モームは本作の背景について、「この作が描かれている貧民窟の生活が、四〇年前のそれであることを、私は付記しておかなくてはならない。……私は読者がこの書をランベス貧民窟の生活図としてではなく、すでにずっと以前に存在しなくなった生活の描写として受け取られるよう、お願いする」[6]と書き、二〇世紀の読者に注意を喚起している。だが、たとえ、昔の生活図であったとしても、既述のように、下町での貧乏暮らしを享受し、ある時には慈しんでいるかのようなライザの初恋がその短い生涯の中で最高に輝く瞬間であったことを描きだす若き作者の姿勢から、彼の役割は、単なる時代の記録者ではなく、若いモームが感じた人生そのものの驚異を捉えることにあったのだろう。まさに、この時、新進作家モームの将来性と才能を予告するような文壇への登場だったことが『ランベスのライザ』によって、明らかになったのである。

注

（1）カタログ『ジョン・エヴァレット・ミレイ展』監修木島俊介、朝日新聞社、二〇〇八年、八八頁。
（2）Somerset Maugham, *Liza of Lambeth* (Harmondsworth: Penguin Books, 1973).
（3）Maugham, *The Summing Up* (Harmondsworth: Penguin Books, 1969), p. 44.『サミング・アップ』一八章。
（4）『ブリタニカ国際大百科事典』Britannica Japan, Co. 二〇〇八年。
（5）井野瀬久美惠著『大英帝国はミュージック・ホールから』朝日新聞社、一九九〇年、第一章、一五〜一七頁。
（6）一九三四年版『ラムベスのライザ』序文、田中西二郎訳『新潮世界文学　モームⅡ』新潮社、一九六八年、一〇頁。

なお、本稿は、日本モーム協会会誌 *Cap Ferrat*（第六号、二〇〇九年）に発表したものを増補改訂したものである。

第二章

『人間の絆』の真実をめぐって

世紀末の文化的混沌に翻弄されるフィリップ・ケアリを映画表現の視点から考察する

I 『人間の絆』の概要

本書の「現代に生きるモーム」という題名に添えば、どうしても彼の半自伝的長篇小説『人間の絆』(*Of Human Bondage*, 1915)(1) に先ずふれないわけにはいかないだろう。出版以来、少なからず毀誉褒貶のある作品として、それが必ずしも古典的作品として、世の中にすぐ定着したわけではなく、アカデミズム、批評界などでは、通俗作家の作品だとの見方がされて、二〇世紀前期に活躍したD・H・ローレンス (D. H. Lawrence)、ジェイムズ・ジョイス (James Joyce)、ヴァージニア・ウルフ (Virginia Woolf) といった作家たちと「同程度に」比較されることはめったになかった。

ところが徐々に、イギリス文学の古典として一般読者の間では幅広く認知されだし、ハード・カバーやペーパー・バックでの出版がほぼ切れることなく、今日まで続くことになる。もちろん、その他、モームの多数の作品とともに、選集や個人全集的なスタイルでも出版されてきた。繰り返しになるが、では、とりわけこの作品がどうして今現代の古典として、扱われる必要があると筆者が考えるのか、その辺を念頭において論を進めたい。主として表現媒体の異なる映画版に依存、言及しながら、『人間の絆』の「真実」と思われるものに近づきたい。ただし、そこでメディアの優劣を論ずるものではないことはお断りする。

先ず、ペンギン版でおよそ六〇〇頁あまりになるこの大長篇の内容のハイライト的個所をごく圧縮すると以下になる。

一九世紀の後半、つまり、ヴィクトリア時代のロンドンで作品の主人公フィリップ・ケアリは、母と死別して孤児となり、地方のブラックスタブル牧師館にいる伯父夫婦に引き取られる。やがて、同地のターカンベリの寄宿学校に入ると、蝦足のことで苛められ、次第に内省的な性格が強まる。その後、校長や伯父の期待に反し、進学と聖職者への道を断念して、ドイツ留学を決意する。ハイデルベルクでは、文学青年ヘイワードらに出会い、語り合って、芸術への興味を強く掻き立てられ、そこで閉鎖的なイギリスの田舎では味わえなかった、生まれて初めて自由で知的な雰囲気に浸ることになる。フィリップは同時に、以前のような神への信仰心がなくなっているのに気づく。

2–1 モームの小学生時代

一年後に戻った牧師館で、ある年上の女性（ミス・ウィルキンスン）と一時的に性的関係を結ぶ。それからロンドンに出て、会計士見習いを一年続けた後、了見の狭い封建的な伯父と異なり、優しく

2–2 故郷ウィスブル牧師館前のおじと幼いモーム 1885 年頃

同情的な伯母の援助もあり、パリに絵の修業に出かける。幾人もの画家や画家志望の男女に出会うが、彼らの芸術家としての個々の才能の有無などを見て複雑な思いを抱くようになる。とりわけ、才能のない画家の卵のファニー・プライスの絶望的で悲惨な状況を目の当たりにし、将来の自分自身の方向を考えざるをえなくなるのである。ある時、パリで知己になった中年の詩人クロンショーに人生の意味を問うと、博物館のペルシャ絨毯にその答えがあるはずだ、と言われる。

フィリップは、そのうち自己の絵の才能の凡庸さを悟り、伯母の死を機に帰国して、ロンドンの医学校に入る。やがてウェイトレスのミルドレッドに一方的な情熱の火を燃やし始め、勉学を怠るようになる。一方彼女は、年上のドイツ人やフィリップと親しい学友との関係にはしり、フィリップにことごとく不実な態度をとり、二人の泥沼のような関係が延々と続いたあげく、フィリップは棄てられる。

その間、フィリップはノーラ・ネズビットという結婚歴のある大衆向けの小説でよく知られた年上の作家と親しくなり、生まれて初めて異性から心からの愛を得ることになるのだ。だが、彼はミルドレッドとの関係が復活するや、ノーラを棄てさってしまうのである。しかし、再登場したミルドレッドに生活の援助を与えながら、またもや彼女との関係も裏切られるような形に終わる。

その頃、かつてパリで、自己の人生観、芸術観に微妙な影響を与えてきたクロンショーが痩せ衰えた姿を見せ、フィリップはこの老詩人を下宿で面倒をみるようになるが、ほどなく息をひきとる。その後街の女になっていたミルドレッドを目にし、その幼児共々ひきとるが、すでにフィリップには彼女への昔日のような情熱はなくなっていた。自分への誘いを断わられたミルドレッドが、その後、腹いせに部屋のものを壊し尽くして姿を消しているのを帰宅したフィリップは知る。

経済的に逼迫していた彼はそれまで休学していたが、かつて自分の入院患者であった「ジャーナリスト」の好人物アセルニーの世話で、服飾店の案内係となる。ある日、南アフリカに出征していた友人のへイワードのあっけない病死の知らせが入り、人生の無常さを思ううちに、突然、ペルシャ絨毯の謎が解ける。人生に意味などなく、職人が自分の好みに合わせて機を織るように、自身の絵模様を織りさえすればよい、ということなのだ。結局、伯父のわずかな遺産で復学を果たしたフィリップは、現地実習などを続けた後ようやく医師免許を得て、イギリス南部の海岸地方の医院に一時勤める。

そしてスペインや東洋や南海諸島への旅を実現するというようなかつてからの夢に心浮き立つが、アセルニー家の長女サリーに愛情を抱き関係を持っていたフィリップは、「人が生まれ、働き、結婚し、子どもを持ち、死ぬ」という、単純な人生もまた完全な絵模様であると悟り、彼女に結婚を申し込むのである。

Ⅱ　映画に描かれた『人間の絆』の側面

『人間の絆』は、第一次大戦の初期に刊行されたものの、評判は今ひとつであり、やがてアメリカのドライサー（Theodore Dreiser, 1871–1945）の高い評価によりイギリスよりも先行して見直されるという経緯をたどった。[2] むろん、モームはすでにロンドンの演劇界では、一流の人気の劇作家としての評判はあったが、小説の分野ではそうではなかったのである。

しかし、長篇『月と六ペンス』（*The Moon and Sixpence*, 1919）と以後の短篇作品が評判になるに従い、改めて『人間の絆』の価値が評価されるようになった。そして一九二〇年代以後、彼の作家的地位は定まっていく。ただし、それは、いわゆる近現代の大作家の地位に匹敵し得るものかどうかについては、常に議論がある。

さて、その頃から印刷媒体とは異なる表現形態を持つ新しいメディアである映画が、その素材を多くの文学に求め始めていた。ちなみに、第一章でふれたミュージック・ホールの衰退が映画の隆盛に繋がっていることとも関連があるかもしれない。その後映画製作者はモームの作品に目を向け始め、「雨」（'The Rain', 1922）などが映画化される。実際、一九二〇代末、欧米ではちょうど無声映画からトーキー時代に移ろうとしていた頃であった。モームについていえば、二度目の「雨」の映画化は、トーキー作品となり、戦前の日本でも公開された（一九三二年）。

2–3　モームの写真　1911年頃

そして、映画版最初の『人間の絆』は日本では『痴人の愛』と題されて、一九三四年に公開される。題名から察せられるように、これは、谷崎潤一郎の同名の作品（一九二四年）から借用したものだろう、というか、モームの自伝的作品のために、この背徳と耽美の世界が描かれる日本文学のタイトルから借用したのは、この頃の映画配給会社にとってはあまり躊躇しない選択であったかもしれない。とりわけ、映画版がフィリップとミルドレッドとの関係に話を絞っていることを見れば……。しかし、実際フィリップとミルドレッドの泥沼の痴情は、モームにしても映画の演出家にとっても、決してその空想的でロマンティックな面に焦点をあてているのではないことが明らかになろう。

2–4 映画『痴人の愛』1934 年
NFT上映カタログ

この映画では、ハリウッドを代表するスターたち、ベティ・デイヴィス（Bette Davis, 1908–89）がミルドレッドを、レスリー・ハワード（Leslie Howard, 1893–1943）がフィリップを演じた。デイヴィスはこれによって、演技的に開眼し、戦後までハリウッドを代表する女優として活躍する。劇中で彼女は、フィリップを翻弄する魔性のヒロインの暗さ、単純さと同時に複雑さをもつような雰囲気を見せている。

一方、ハワードは、当時四〇代、とても医学生にはみえず、どうしても原作の二〇代の青年ヒーローにはみえなかった。ちなみに、彼は後に『風と共に去りぬ』（*Gone with the Wind*, 1939）の映画版で、ヴィヴィアン・リーのスカーレットから一方的な愛を捧げられる作中の準ヒーローを演じることになる。

この映画版は、今日ではシナリオ付きの学習教材ＣＤ[3]にもなっており、またイギリスのフィルム・ライブラリーであるロンドンのナショナル・フィルム・シアターにおいて古典作品の一本として上映されることもあった。なお、本作と原作の具体的な相違などについては、前島洋平氏の *Cap Ferrat* 誌の論考が参考になろう。(4)

ここまで、書いてきたところで、『人間の絆』はおろか、モームの小説は、短篇の一部を除き、『痴人の愛』の映画上映時、まだ翻訳されていなかったことを思い出した。むろん、この作家の原文をひもとく一般読者、その評判を聞いている研究者や知識人は各地に少なからず存在していたに違いない。だが、少なくとも一般には、モームはほとんど未知の作家であったといってよい。その辺の事情、その他のモーム作品の映画版については、本書の第一一章「サマセット・モームの日本における受容について」を参照されたい。

『人間の絆』の長篇映画版は、戦後、二本製作され、その内、一九四七年の長篇は未輸入に終わったが、一九四九年、本作は米CBS局で、一時間のミニ文芸テレビ・ドラマ・シリーズの一本として製作され、ハリウッドで大スターになる直前のチャールトン・ヘストンがフィリップ役に起用された。史劇や西部劇、その他の戦後ハリウッド大作のヒーローを十八番にしていた役者であった。堂々とした体躯で戦後の一時代を築いたスターのその後を知る者には、違和感のある配役だったようにみえる。だが案外、ヘストンに秘められた繊細さと素朴さとが、フィリップ的キャラクターを演じるのに全くふさわしくないと言い切れるかどうか。ただ、残念ながら、このテレビ・ドラマはわずか一時間弱のものなので、原作の紹介以上の劇化は困難だったと思う。(5)

長篇劇場映画としての『人間の絆』は、その後、ようやく一九六四年にハリウッドの老舗MGMがイギリス人監督ケン・ヒューズを起用して製作された。一九三四年版映画の撮影の多くがハリウッドのスタジオで行われたと思われる一方で、本作の撮影地は、主にアイルランドのダブリンで行われたという。[6] カラー映画が普通だった当時としては珍しく白黒作品だったが、このロケーション効果とあいまって、陰鬱な雰囲気をよく醸しだしていたと思われる。日本封切時の広告（『朝日新聞』夕刊）には「愈々明4日より世界最初の大ロードショウ」と銘打たれている。そして「女の愛の激しさ、悲しさを描いてすべての人の心を焼きつくすモームの名作、完全映画化！」[7] とあるように、この映画が原作者と原作の名声に拠ったものであることは間違いない。あわせて、モームの死の前年に製作されたことが、何やら因縁めく。果たして、心身とも弱り気味のモ

2–5 映画『人間の絆』1964年7月
日本公開時新聞広告

ーム自身がどれほど、「これが完全映画化」であるかどうかを認識しえたかどうか。(8) ちなみに、前述の夕刊版の広告欄の左隅に『誰が私を殺したか?』という最新のベティ・デイヴィス主演の映画広告が掲示されている。後年のデイヴィスは、この頃『誰がジェインを殺したか?』『ふるえて眠れ』などの心理的「ホラー」作品に続けて主演して、評判になっていた。戦前の『人間の絆』のミルドレッド、『月光の女』(「手紙」の短篇、戯曲版)のヒロインでもよく知られた彼女が、奇しくも同日に新版『人間の絆』のヒロイン、キム・ノヴァク (Kim Novak, born 1933) と、肩を並べているのは面白い。

ともあれ、本章では、主にこの映画にふれながら、以下拙論を述べる。

Ⅲ 『人間の絆』(一九六四年映画版) を見て

ここで、映画版の主筋について確認する。それは原作の多くを占めるミルドレッドと泥沼の関係に陥る若い医学生フィリップの生々しいリアルな苦痛と精神的快楽を描くことにあった。映画全体のアウトラインは、プロローグとして地方の学校に転校してきたフィリップが校庭で自分の不自由な足について集団で執拗にいじめにあう場面から始まる。後年の主人公の苦難を思わせ、一九三四年作にはなかったこの場面は、少年の人生の旅立ちに暗雲をもたらすものとして、象徴的な出だしとなる。

その後、タイトル・バックが続き、成人したヒーローがパリの画学校で教師から、自分の絵の才能を否定される短い場面が挿入され、ロンドンに戻り医学校で学び始める。フィリップを演じるローレンス・ハーヴェイ

(Laurence Harvey, 1928–1973) はリトアニア系の俳優として様々なジャンルで活躍し、文芸作品にも多くその名を連ねている。知的で個性的な、時に示す暗い容貌が人気を呼ぶ。『ロミオとジュリエット』（一九五四年）や『不思議な世界の物語』（一九六二年）というグリム兄弟のファンタジー映画では、夢みがちな弟役を好演、さらに『暴行』（一九六四年）では、芥川龍之介の原作を基にした黒沢明の『羅生門』のリメイクで盗賊に襲われる妻の夫を演じていた。個人的には西部劇の『アラモ』（一九六〇年）の砦の守備隊長がはまり役だと思う。頑固一徹の、周囲から煙たがられる存在だが、最後まで信念を曲げずに、玉砕する役だった。

さて場面は、フィリップが友人に誘われた喫茶店でミルドレッドに出会うところとなり、映画の中心部分に入っていく。原作同様、ミルドレッドにとって、とりわけ男女関係に「初心な」フィリップを手玉にとることなど何の雑作もないことだった。初めてミルドレッドを見かけた時の彼の印象は、原作ではこうだった。

> フィリップは彼女にはあまり魅力も感じなかった。のっぽで痩せっぽちで、尻は小さいし、少年のような小さな胸だった。……目鼻立ちは小さいけれど、よく整っていた。目は青く、広い額は、レイトン卿やアルマ・タディマなどのヴィクトリア朝の画家たちが、ギリシャ美人の典型として当時の人々に描いてみせたものだった。[9] 髪はふさふさとし……、ひどい貧血症で、肌はきめ細かいが、少々青ざめたように頬には赤みがない。……（五五章）

2–6 アルマ・ダディマ作「春の祭典」1879 年

だが、映画のミルドレッドを演じるキム・ノヴァクは見た目にはこうした原作の描写とは異なるハリウッド女優だった。どちらかといえば、ふくよかな姿態でどうしても原作の（フィリップの見た）ミルドレッド像とは異なる。この女優のキャリアはヒチコックの『めまい』などで謎の多い運命の女（ファム・ファタール）を演じたことで、映画ファンにはいわば謎めいたキャラクターを演じる女優としての印象が強い。原作のミルドレッド像を果たして演じ切れたのかどうか、意見が分かれるところだ。

ミルドレッドはあまり裕福でない家庭の出身で、いわゆる紳士階級のフィリップとは当時社会的溝があったろう。彼は商売や実業への関心は薄く、芸術や思想、哲学の議論に人生の重きをおくような知識人だった。一方、ミルドレッドは彼から見れば、その日その日を漫然と生き、刹那的に快楽を追うだけの人間に過ぎないと分かってくる女性だ。

ここで、述べておかなくてはならないことだが、原作を読まない映画の観客は、確かに、映画のタイトル・バック前後に映しだされるフィリップへの集団的いじめやパリでの画家失敗の烙印を押された場面を覚えているが、その前後の原作での詳細な彼の思想的遍歴、肉体的劣等感や伯父の牧師との葛藤などに折にふれて苛まれていたことなどは、相当想像力を働かさなければならないだろう。もっとも、肉体的な面に関しては、医学

2–7　サリヴァンとギルバート諷刺絵より

部の授業の一環で、冷厳な教授の指示で、実習生や患者の前で、自らの足を不承不承さらけ出す場面は用意されているが……。

ではここで、原作とは少し異なる映画の個所を見る。映画の前半部、フィリップがミルドレッドを芝居に連れ出す場面がある。彼は喜劇や大衆的な音楽劇を気に入っている彼女の関心を引こうと考えていた。映画ではここで、コミック・オペラを上演する劇場の一階正面席（ストールズ）で観劇する二人の様子が映し出される。どうやら『軍艦ピナフォー、または、水兵を愛してしまった娘』（*H.M.S. Pinafore: A Lass Who Loved A Sailor*, 1878）という当時人気絶頂の作詞作曲家チーム、ギルバート（W. S. Gilbert, 1836–1911）、サリヴァン（A. Sullivan, 1842–1900）の音楽喜劇をリヴァイヴァル上演している。

ここで映画のカメラは、上演を楽しむ二人を映しだすが、ミルドレッドは時に菓子を口にほおばりながら、後ろの女性から何度も注意を受ける。それを彼女は痛痒も感じないのだ。おそらく、通常なら（フィリップと一緒でなければ）、大衆席でもっと勝手な振る舞いの観賞をしていただろう。さらに、二階の特別席で淑女と鑑賞中の伊達男風な若者に秋波を送るようなことまでしてのけるのだ。後、この二人にはしばらくフィリップを嫉妬させるような関係が出来てしまうわけだが。

さて、この場面がこれほど作品名まで特定されるような芝居と確認出来るのは、映像メディアの特質によるものだろう。繰り返すが、これはギルバートとサリヴァンという当時の人気の社会、階級諷刺を得意とする作詞家作曲家チームのサヴォイ・オペラの代表作の一本であり、『軍艦ピナフォー』は作者たちの『ミカド』(一八八五)に次いで評判をとっていた演目だった。また必然的にこの小屋が有名なロンドンのサヴォイ劇場であって、作品の発表上演年代からすると映画の時代設定は、一九世紀末のヴィクトリア朝末期であることが分かる。一方、モームの原作(五六章)では、フィリップがミルドレッドをデートに連れ出すのは、『軍艦ピナフォー』ではなく、『ニューヨークの美女』(*The Belle of New York*, Broadway 1897, London 1898)というやはり当時流行りの音楽劇であった。(10)

映画中のこの喜歌劇はピナフォー号軍艦上での話が中心だ。艦長の娘が水兵に恋をしてしまい、相思相愛なのだが、身分違いのため、時代的制約から父から許されるはずもない。さらに、(父より身分の高い)海軍長官と絡んだり、艦長と物売り女とのカップルが賑やかに絡んだりして大団円となる諷刺喜歌劇なのである。なお、大正期に早くもこの喜歌劇が本邦で上演された記録がある。また、最近でも名古屋の大須座という伝統ある演芸場で日本の役者たちによる公演が行われている。(11)

映画は、芝居の冒頭、軍艦上にやってきた物売り女の歌と軍艦上の水兵たちとのコーラスによる「キンポウゲの歌」が陽気に披露されるところの一部を映しだしていた。映画の演出の肝は、当時実際に評判だった(現実に上演されていた)作品に興じるミルドレッド、フィリップのカップルとその劇場風景とを具体的に映しだすことだった。上演中、淑女にあるまじき粗野な振る舞いをするミルドレッドだが、デートに連れ出すことにひとまず成功して、満足気に苦笑するフィリップ。演出は、今後の二人の関係の「絆/束縛」('bondage')の始まりを象徴させようとしたのだろう。

ギルバートとサリヴァンの喜歌劇の演目が、原作小説にある『ニューヨークの美女』（アメリカ以上にロンドンで大ヒットした）から変わったのは、アメリカ生まれの作品よりも、生粋のロンドンのウェスト・エンド発の喜劇であり、イギリスが舞台の『軍艦ピナフォー』がよりイギリス的な雰囲気と社会風刺が込められていて、直接映画観客に訴えやすいという（イギリス系の多い）製作陣の思惑があったのかも知れない。むろん、一九六四年の映画観客は、当然お馴染みの演目であったはずだ。ともあれ、ヴィクトリア朝末期の新興の娯楽文化に興ずる中流の人々のありさまは、こうして視覚化されたことで、より鮮明に観客の心に印象を残したことになろう。

ただ、皮肉なことに、原作の、教養人として自負しているらしいフィリップには、このような音楽喜劇はあまり、好ましいものではなかったとの記述がある。

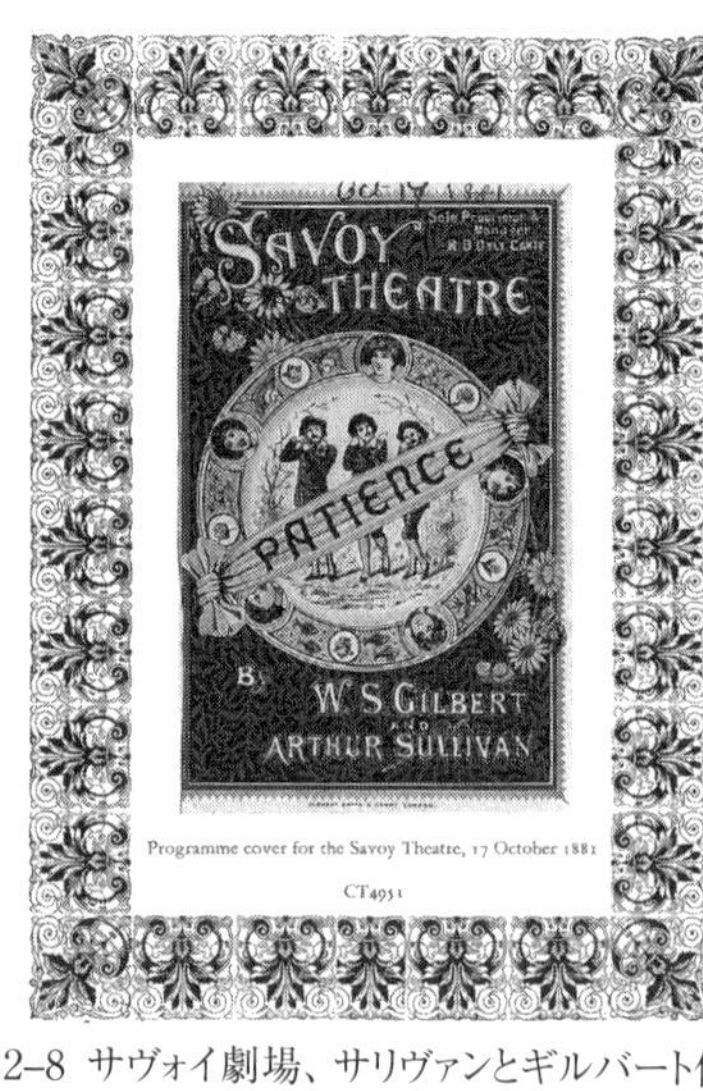

2–8 サヴォイ劇場、サリヴァンとギルバート作
Patience のプログラム表紙 1881年

> 若いフィリップは教養人を自認しており、喜歌劇などを小馬鹿にしていた。冗談には品がないし、楽曲も分かりきったものばかりだった。喜歌劇はフランス人のほうがはるかに上手だなと彼は思った。
>
> （五七章）

だが、その場面に相当する映画版の演出では、芝居に彼が誘うのも、ただミルドレッドの関心を引こうとしたからに他ならないだろうが、フィリップの『軍艦』観戦中の態度はミルドレッドの振る舞いを苦笑するだけであり、自身もこの劇を楽しんでいるようにみえるのだ。

これも映画のみの描写であるが、男をその気にさせながら、他の男と結婚をするためフィリップを棄て去ってしまい、寂寥感を抱くフィリップが友人の紹介である晩、何やら、紳士淑女が集まり、落ち着いた雰囲気の一室で、ノーラ・ネズビットという女性の朗読に耳を傾けている。彼女が読んでいるのは、アーネスト・C・ダウスン (Ernest C. Dowson, 1867–1900) の抒情詩「シナーラ」の情熱的な一節である。彼はウォルター・ペイター、オスカー・ワイルド、オーブリー・ビアズリーら、世紀末のデカダン派の系譜に連なる詩人、短篇作家であった。

小説中の医学生になったばかりのフィリップがミルドレッドと関係を持ち始めるのは、一八九〇年代後半で、[12]当時前記のようなロンドンの知的サークルで、こういう朗読会は普通に行われていたであろう。だが、一九六〇年代の英米の映画観客は、朗読されている作品がダウスンの詩だとただちに認識できたのだろうか。実際の画面は必ずしも、「シナーラ」の朗読の場面に集中している訳ではなく、読まれるノーラの音声録音も一定していなく、音にムラがあるからである。

ともあれ、映画は「シナーラ」を含むダウスンの詩集が刊行され、評判になっていた頃であり、映画の物語の流れからみると、やや唐突であるが、原作にはないこの映画のシーンの創作は、ノーラの登場により、彼女とミルドレッドとの相違を際立させるのに効果的だったと思われる。知的でまた母性的な雰囲気のノーラは、後に、ズタズタにされたフィリップの心を癒す存在になるからである。

もっとも、この物語の時代から一五年ほど経って小説『人間の絆』が発表された頃、世紀末の耽美主義的な文学はすでに大きな興味の対象にはなっていなかった。こういう後知恵を持つ者にとり、映画の演出が、教養あるノーラという大衆的人気作家にサロンで当今話題の文学を読ませるという設定にしたのは、面白い解釈かと思う。ダウスンはデカダン派とよばれることもあり、時代の人気作家であった。

ここで少し、映画で朗読された詩について、ふれてみたい。アーネスト・ダウスンの代表作のひとつである「シナーラ〜我は良きシナーラの支配を受けし頃の我にはあらず」（同作からの引用はすべて南條竹則訳）である。そのタイトルは、ラテン詩人ホラチウスの作品に拠っている。[13] 以下引用する一節には、かつて、自分が恋し、結ばれなかったシナーラという女性への想いが、今、「詩人」が街の女とのあつい関係の最中においても浮かび、しばしば自分の古傷をうずかせている。そうした感情が描かれているようなのだ。

夜通し女の温かき胸は　わが胸に鼓動を伝え
女は一夜(ひとよ)　我が胸の中　愛と眠りのうちに寝(いね)たり
金に買はれし紅(くれない)の唇(くち)は　確(しか)と甘かりき
されどこの身は愁ひに沈み　昔の恋に胸はふさぎぬ
明けに目覚めて　灰色の東の空を見やれば
汝を一途に思ひ来たりし　シナーラよ　我なりに

夭逝したダウスンにとっては、この初恋の娘は必ずしも個人的につきあった実在の娘ではなく、より普遍的（空想上の）悲恋、感情を謳ったものであったようだ。[14] 前述のように、ダウスンはワイルドとの親交もある世紀末の文人であり、生前一定の熱狂的なファンもいて、飲酒、貧困、病、というデカダン派に張られた紋切型のレッテルが後の批評家研究者に様々な憶測を生んだ詩人だった。なお、マーガレット・ミッチェル（Margaret Mitchell, 1900–49）は『風と共に去りぬ』のタイトルを「シナーラ」の一節から借用している。

ノーラがその読書会での音読を終えた後、初対面のフィリップに話しかける場面がある。フィリップは本棚に並べられた書物を取り上げ、面白そうだね、と言うとノーラは、著者は私で、「くだらない小説よ」、などと答えるのだ。以後二人は親交を深め、彼女は彼のミルドレッドとの顚末を知るようになる。深読みすれば、劇中で朗読の素材として登場した「シナーラ」への詩人の忘れ得ぬ複雑な思いは、現実の今もって忘れ得ぬフィリップのミルドレッドへの思いを重ねてみることも不可能ではないだろう。

実はこの場面は、モームの小説で、下宿にいるフィリップが、ミルドレッドにデートを断られてしまい、消沈し、何気なく、彼女の読みさしの小説を取り上げる場面と対応するかもしれない。フィリップが取り上げた本はノーラ執筆の大衆小説だったのである。奉公人などにファン層を持つ作品の書き手であるノーラ・ネズビットと、中流階層のフィリップからみると、教養に欠けたミルドレッド・ロジャーズという二人の対照的な女性が彼を挟んで、いわば顔を会わさずに出会う唯一の場面として、きわめて自然に皮肉な効果を生み出している。

ソファに裏返したままで読みさしの、青色の小型軽装版が一冊おいてあったので、フィリップは何気なく取り上げると、つまらない三文小説だった。作者はカートニイ・パジェットという男名だが、実はノーラのペンネームなのだ。「この作家大好き。全部読んだし、とっても上品なのよ」。フィリップはここでノーラが前に自分のことを言っていたのを思い出した。「私、女中さんたちには随分人気があるのよ。とても洗練されている作家だと思われているみたいね」。（七〇章）

おそらくは映画の製作者の目論みは、そうした原作の細部にこだわりを持ちながら、映像的なストーリーの自然の流れを、この朗読会場面に取りいれたのではないだろうか。

Ⅳ　映画から見た『人間の絆』の真実

さて、詳しくは本章の第一節で原作のおよそのプロットを説明したように、長篇小説の中心的部分を占めるフィリップ、ミルドレッドの関係だが、浮気者のミルドレッドを軽蔑しながらも、この女の性的、悪魔的魅力に憑りつかれて無間地獄をさ迷っている間は、自分の意志ではどうにもならない青年の苦痛と苦悩とが最後には「解放」されるということが多くの読者の記憶を彩っているだろう。たとえ、何度もミルドレッドに煮え湯を飲まされている彼が「恋愛の重要なのは、愛されることより、愛することなのだ」。（七〇章）と自分に言い聞かせようとも、日頃ひそかに誇る、理性、学識、知恵、審美眼などはこういう状況に対しては何の力にもならないのを知るだけだった。

しかし、いわば悲観論で終わっているようなミルドレッドとフィリップを中心にした小説は、結局サリーという平凡なタイプの全く異なる女性との結婚が語られ、物語は幕を下ろす。モームは、いい加減長く続けてきたフィリップの人生の物語を語るのに疲れはて、（表向きは）こうした一種の大団円にせざるを得なかったようだ。平穏な結婚生活の中にこそ、魂の自由が見出される、と。[15]

実は、少し違った意味になるが、これは、主人公の青年が、人間や世界への認識に大きな変化を被る場面が、後年のモームの小説『クリスマスの休暇』(*Christmas Holiday*, 1939) の最後の描写に見られることを想起させようか。主人公チャーリーはフィリップよりもはるかに恵まれた境遇に育った若者だが、芸術や哲学、学問、恋愛の在るべき姿、親の教える価値観を頭で理解していたつもりなのに、パリでの一週間の休暇中、故国では夢にも思わなかった体験をして、自己の世界観（市民的モラル）がガラガラと音を立てて崩れてしまったというきわめて悲観的感慨を抱く。「考えてみれば、随分おかしなことだったが、ただこの時は、それにどうやって向き合うべきか、分からなかったのだ。自身の拠って立つ世界が崩れ落ちてしまっていたのだった」。[16]

しかし、『人間の絆』において描かれているのは、次のような結末だった。アセルニーの長女サリーとロンドンの国立美術館入り口でフィリップは待ち合わせする。あれほど苦しめられたミルドレッドはすでにフィリップの前に生身の身体を見せなくなっていた。フィリップがミュージック・ホール前で彼女に声をかけたのが最後の機会だったのだ。その後、彼女は性病のため、命を落とすことになる。そしてしばらく前から彼はすでに別の方位から人生に向かおうとしており、最後に明るく誠実なサリーに向かって、結婚を申し込むのだ。彼女は教養を誇るどころか、心からの情愛でもって、彼の思いに報いてくれる娘だった。

映画版では、このサリーの人物像についての詳細な描写はほとんどないが、小説同様フィリップは最後にプロポーズして、画面が溶暗する。ただし、原作とは異なり、その場所はケルト系共同墓地の出口であった。映画中のフィリップは、その前に病院に担ぎ込まれていた瀕死のミルドレッドの希望を受け入れ、参列者もまれな埋葬に立ち会っていたのだ。埋葬後、墓地から出てくるフィリップを待っていたのはほかならぬサリーだった。カメラは二人からひいた位置で捉えているので、表情ははっきりとは確認できない。ここでは、新しい人生に向かおうとする男女の出会いの場所が墓地という、人間のこの世の終焉の地であり、個人の生涯を永久に祈念すべき場所が印象的だった。

しかし、原作では、サリーとの新しい生活を目前にしながら、フィリップはひょんなときにミルドレッドの面影が浮かんできてしまい、完全に彼女の影を封印できない有様も断片的に述べられる（一二二章）。もっとも、それにもかかわらずモームがいわばハッピー・エンディングの形で結着させざるを得なかった理由は、全体のプロットでふれたように、人生に意味などなく、職人が自分の好みに合わせて機を織るように、自身の絵模様を織りさえすればよいし、「人が生まれ、働き、結婚し、子どもを持ち、死ぬ」（一二二章）という、単純な人生もまた完全な絵模様であるとフィリップが悟っていたからである。かつて、詩人クロンショーから示された（博物館に展示される）ペルシャ絨毯に人生の総体が象徴されているとフィリップに認識させたことに、モームは二人の結婚で半自伝的大河小説に一応決着させた理由が伺われるかもしれない。そこらが、モームの時代性、通俗性が問われる所以なのかもしれぬが、少し陰を帯びた皮肉な結着の仕方は、その後の作家的方向性を示唆していよう。

それを考えると、映画の演出が、完全にミルドレッドとの宿縁を離れたことを暗示する墓地で彼のサリーとの邂逅の場面を用意したのは、原作のラスト・シーンのやや屈折したニュアンスをより楽観的に言いかえた映像的表現のひとつのありかたではなかったろうか。現在、この映画が英米の映画事典でほとんど無視されるような扱いを受けていることが残念ではある。

2–9　映画『人間の絆』新聞評 1964年7月2日〜ローレンス・ハーヴェイ、キム・ノヴァク

注

（1）Maugham, *Of Human Bondage* (Harmondsworth: Penguin Books, 1981). 引用文中の（章）は同書からのものである。なお、引用の日本語は拙訳であるが先人の業績に負うところが大きい。とりわけ、中野好夫（新潮社、一九六八年）、行方昭夫両氏（岩波書店、二〇〇一年）の既訳を参考にさせていただいた。

（2）Dreiser, 'Review', *New Republic*, December 1915, *W. Somerset Maugham: The Critical Heritage*, Edited by Anthony Curtis and John Whitehead (London: Routledge & Kegan Paul, 1987), pp. 135–138.

（3）『人間の絆——映画で英会話』、朝日出版社、二〇〇〇年。

（4）前島洋平、「モーム作品の映像化について」、*Cap Ferrat*　日本モーム協会、第一〇号、二〇一三年。

（5）作演出ポール・ニッケル、出演チャールトン・ヘストン、フェリシア・モンテアレグレ、放送日一九四九年一一月二一日。

（6）「新映画」、『朝日新聞』、一九六四年七月七日夕刊。
（7）『朝日新聞』、一九六四年七月三日夕刊、映画広告欄。
（8）『日本経済新聞』、一九六四年七月二日夕刊。
（9）『サミング・アップ』（*The Summing Up*, 1938）の二四章には「わたしには、彼（ウォルター・ペイター）はアルマ・タディマの絵のように退屈だと思われる。こんな文章を感服する人があろうとは不思議だ。それは流動感がない。空気が通っていない。たいした技巧を持たぬものが、停車場の食堂の通常の壁の装飾につくりあげた、入念なモザイックである。……」とある。中村能三訳『要約すると』新潮社、一九五五年。
（10）『ニューヨークの美女』（*The Belle of New York*, 1898）C. M. S. Mclellam (1865–1916) の作。後、幾度かアメリカで映画化された。
（11）『軍艦ピナフォー』本公演記録、横浜ゲーテ座、大須座他　インターネット。
（12）Archie K. Loss, 'Chronology of Philip Carey's Life'. *Of Human Bondage: Coming of Age in the Novel*, edit. Archie K. Loss (Boston: Twayne Publishers, 1990), p. 96.
（13）南條竹則著『悲恋の詩人ダウスン』集英社、二〇〇八年、第六章。
（14）南條竹則訳、解説『アーネスト・ダウスン作品集』岩波書店、二〇〇七年。
（15）モーム著、中村能三訳『要約すると』五二章。
（16）Maugham, *Christmas Holiday* (Harmondsworth: Penguin Books, 1939), p. 251.
中村能三訳『クリスマスの休暇』三笠書房、一九五三年、一〇章。

補注

Movies on TV, 1975–76 Edition, edit. Steven H. Scheuer (New York: Bantam Book, 1974), *Halliwell's Film and Video Guide 12th Edition*, edit. John Walker (London: HarperCollins, 1996).

アメリカ映画『人間の絆』（『痴人の愛』）、監督ジョン・クロムウェル、脚本レスター・コーエン、撮影ヘンリー・ジェラード、音楽マックス・スタイナー、出演レスリー・ハワード、ベティ・デイヴィス、ケイ・ジョンスン、フランシス・ディー、ＲＫＯ、一九三四年（同年日本公開）、一時間二三分。ＤＶＤ版『痴人の愛』ファーストトレーディング。

米英映画『人間の絆』、監督ケン・ヒューズ、ヘンリー・ハサウェイ（補佐）、脚本ブライアン・フォーブス、撮影オズワルド・モリス、音楽ロン・グッドウィン、出演キム・ノヴァク、ローレンス・ハーヴェイ、シオバン・マッケナ、ナネット・ニューマン、MGM、一九六四年（七月に世界に先駆けて日本公開）、一時間三九分。DVD版『人間の絆』ワーナー・ブラザーズ・ホームエンターテインメント、二〇一八年。

2–10 映画『人間の絆』サウンド・トラック
レコード・ジャケット 1964 年

第三章　『月と六ペンス』

楽園に魅せられた芸術家像の皮肉

Ⅰ　『月と六ペンス』の構想

ウィリアム・サマセット・モームがシリー・ウェルカム (Syrie Wellcome) と一九一七年に結婚したとき、はた目には、彼には精神の安定が約束されたかにみえた。[1] しかし結婚生活に入って、最初に発表された小説が『月と六ペンス』(*The Moon and Sixpence*, 1919) であることを考えると、[2] この作品に内在するアイロニーそのものにわれわれの目は向いてしまう。主人公チャールズ・ストリックランド (Cbarles Strickland) が物語の前半で、妻子を棄てて出奔するのは、自己の芸術の追求の上で家族、とりわけ、妻の存在がうとましいものであったから、ということが徐々に明らかにされているからである。

前作『人間の絆』に対する一つの書評で、「多くの青年たちと同様に、彼（フィリップ・ケアリ）も月に憧れることに忙しく、足元に落ちている六ペンスに気付かなかった」[3] といわれたため、モームは新作の表題にそれを利用した。それは、彼が長年あたためていたポール・ゴーギャン (Paul Gauguin, 1848–1903) の生涯からヒ

3-1 映画『ゴーギャン　タヒチ、楽園への旅』宣伝チラシ 2018年

ントを得た物語となった。すでに、モームは、画家ゴーギャンの生涯の晩年の舞台だった南太平洋への旅も一九一七年に終えていた。この時期にモームを創作へと駆り立てたのは実は、『人間の絆』の発想とは逆のものではなかったろうか。

つまり、『人間の絆』の主人公フィリップが長い苦闘の末に辿り着いたのは、外国での冒険と放浪生活への夢を捨てて、平凡な村の医者となり、情熱はやや欠けていても健康で働き者のサリー・アセルニーとの結婚であった。しかし、足元の「六ペンス」を拾うのもよかろうが、それよりも人間の手の届かぬ「月」を追い求めることが一層価値のあることではないか、というのが小説『月と六ペンス』の構想をとりあえずたてたときの主題だったのであろう。(4)

『人間の絆』を一人の人間の誠実な人生探究の物語として読めば、主人公が平凡な娘と月並みな結婚をするという幕切れもそれなりに説得力があるかもしれないが、しかし多くの批評家たちの目にはこういう幕切れがひどい感傷だとうつった。モームにしてみると、所詮、『人間の絆』という大河小説も、「月」を追い求めて挫折する人間を描いたことには変わりないのであり、ただこうした結末が用意されたのは、自伝『サミング・アップ』の中で述べているように、この頃の作者に結婚への夢のようなものがあったからであろう。(5) 一方において、作者の『月と六ペンス』における主眼は、『人間の絆』の結末部にみられるような世俗的価値を一切否定して、「月」を求めてそれに辿り着こうとした一画家の謎を探究する方向へと移っているようでもある。

Ⅱ　ストリックランドの「女性観」

しかし、『月と六ペンス』は、芸術、理想、狂気に取り憑かれて、月並みの人間には届かぬものを手に入れようとした天才賛美の物語にすぎないものであろうか。六ペンス的なるものに対する天才の勝利を語った寓話なのであろうか。第一、これは小説として首尾一貫した構成をもつ作品といえるだろうか、また主人公の積極的な生き方が具体的に描かれている小説と片づけてよいのだろうか。たとえば、小説を読み終えても、われわれは主人公ストリックランドをエゴイズムの化け物とか、一種の影の存在としか捉え得ない。この小説の語り手が作品に登場する主人公一家の知人であり、何よりもこの人物の職業が作家であることを、当時新婚生活を送っている筈のモーム自身と結びつけて、皮肉な様相をわれわれは思いうかべてしまう。

さらに、この語り手の「私」(6) がパリで、ストリックランドによってその絵を何枚も見せられても（四二章）、タヒチの森のあばら家の壁一面に画かれた大作を彼の最後をみとった医師から語り手にその燃え切った絵の内容を詳しく説かれても（五六、五七章）、われわれはついにパリとタヒチで描かれた主人公の絵についての具体的イメージを実感できないのである。ある意味では、このような無理な状況設定と人物設定とが重なった小説も珍しい。

実は、『月と六ペンス』の本質は、作者が「月」と「六ペンス」を単純に対比しようとしたところにあるのではない。天才画家が周囲の無理解な俗物たちとの関係を断って、すなわち人間的な交際を断ち切ることによって一途に芸術に精進する、という作品の表面にあらわれたロマンティックな要素にのみ注目するのは、作品の本質を見誤ることになりかねない。

もしも、モームがタヒチ島での主人公の死を描いたところで物語を打ち切っていたならば、凄絶な芸術家魂の最後がロマンティックな彩りで飾られて、それなりの感銘とカタルシスをわれわれは与えられたであろう。だが小説はそこで終わっていなかった。南太平洋から戻った語り手の「私」は、すぐにロンドンにいるストリックランド未亡人のエイミー及び成人した息子と娘に十数年ぶりかで会いに行くのである（五八章）。すでにその生前には考えられなかった程の天才画家としてのストリックランドの名声はあまねく広がっており、その天才の未亡人としてのエイミーは、昔の夫への怨恨をすっかり忘れた様子をみせて、遠来の客である「私」をもてなすのであった。ただそこには、近々ストリックランドの伝記を書こうとしているアメリカ人の批評家も居合わせている。

こうした状況に込められた作者モームの皮肉について考察する前に、物語の最初に出てくるストリックランド家の様子をしばらく眺めてみよう。ロンドンの株式仲介人の四〇歳になるチャールズ・ストリックランドは、知的で社交家の美しい妻と二人の子供たちに恵まれていた。ストリックランド夫人は、いわばパトロン気取りで、多くの芸術家たちを自宅に集めてサロンを催していた。作家としてまだ駆け出しの「私」も、皮肉屋の先輩女流作家ローズ・ウォータフォードの紹介で、ストリックランド家に出入りするようになる。

ストリックランド夫人には、いまひとつ僕の好きな点があった。彼女のフラットは、花など飾って、いつも明るく、きちんと整っていた。客間の更紗なども、ずいぶん地味な図柄であるくせに、華やかで美しかった。……ストリックランド夫人が申し分のない主婦であることは、すぐにわかった。母親としても、きっといいお母さんなのだろう。客間には、子供たちの写真があった。息子――ロバートといった――は、ラグビー校に在学している一六歳の少年だった。……母親の素直そうな前額（ひたい）と、美しい内省的な眼とを、受けついでいた。純真で、健康で、いかにも癖のない少年らしかった。……娘のほうは一四だった。母親似の豊かな黒い髪が、房々と美しく肩に垂れ下り、彼女もまた同じ物柔らかな表情と、落着いた曇りのない眼をしていた。（五章）

語り手であり、かつ一連の出来事の観察者である「私」は、こうした一見何の変哲のない、中流階級の理想的家族像を絵に画いたような一家をしばらくは淡々と語っていく。しかしある年、避暑地ですごしていたストリックランド夫人と子供たちのところに、突然夫からの手紙が到着する。パリに行くことと、二度と家族には会わないという用件を無愛想で事務的な文面で綴ってあった。実は「私」は、この出来事を読者に伝える前に、物語の伏線となるようなことを語っているのだった。この小説は、四〇代半ばの作家である「私」が主に青年時代を振り返る形をとっている。特に物語の一六章までは、二三歳頃の「私」の体験が読者に伝えられる。当時「私」の目からはまさしく理想的にみえたストリックランド夫妻と子供たちの様子が縷々述べられた後で、語り手は次のようにいう。

結局これが、数限りない世の夫婦たちの運命にちがいない。そしてここに見る生活の意匠には、素朴な美しさすらあるではないか。いわばそれは、緑の牧場をくねり流れ、楽しい木立を潜り抜け、やがては大海原に注ぐ静かな小川を思わせる。ただその海が、あまりにも静かで、あまりにも無表情なために、にわかに人は漠然とした不安に脅やかされる。今にして思えば、その頃からしてすでに強かった僕の依怙地さが、大多数の人々が歩むそうした一生に対して、なにか強い不満を感じさせたのかもしれぬ。僕は、無事な一生がもつ社会的意義も認めていたし、静かな幸福も知っていた。だが僕の血の中の情熱が、なにかもっと波瀾のあるコースを求めさせていたのである。……変化と――そして予期しないものから来る興奮と――それさえあれば、僕は険しい暗礁も、危険な浅瀬も、それほど恐いとは思わなかった。（七章）

実はこれは、ストリックランド家の表面上の幸福な姿とは裏腹に、不吉な未来を予測する挿話であるだけでなく、「六ペンス」の幸福の価値を認める気持ち以上に強い、若き日の「私」の「月」への思いのたけをうたった印象的な場面なのであったろう。

まず、女と家出をしたという噂を聞いたときに「私」は、「ストリックランドといえば、四〇のはずだ。この年になって、いまさら恋愛事件を起こすなどというのは、むしろ不快な感じさえした。若気の思い上った気持から、僕は、せいぜい三五歳をもって、男が恋愛をして物笑いにならないですむ最後の限界だと、決めこんでいた」（八章）という反応をしている。現在の「私」がここでは、過去の「私」の単純な恋愛観を諷刺している。『月と六ペンス』の特徴のひとつは、語り手が道徳を大仰にふりかざした独白をすることである。こうした警句を作中におり込みながら悦に入っている、皮肉屋であり、諷刺家であるモームの姿が彷彿としてくるようだ。

また、この小説の狙いで面白いのは、個々の事実を累積し、ある程度作品の雰囲気に読者を慣れさせて筋を進めるというよりも、いきなり人間関係の葛藤を含めた物語に入る、ということだ。たとえば、家出前のチャールズ・ストリックランドの心境やエイミーとの夫婦関係の内面には具体的に触れられていないことを想起しておきたい。

これまで、「常人と異なった人間だなどという印象は、少しも受けなかった」（一章）と述べられるチャールズ・ストリックランドは夫人とちがって、文学や芸術などと全く無縁で平凡な生き力をしてきたようにみえた。だが彼の家出の原因は果たして女ではなく、絵を画くことであった。夫人に依頼されてパリまでチャールズに会いに行って来た「私」は、ロンドンのストリックランド家でそのことを報告すると、彼女は、

「誰か女にでも夢中になって、一緒に逃げたというのなら、私、かえって許せると思うわ。そんなのなら、当り前のことなんですもの。私、決して悪くなど言わないわ。誘惑に負けたんだと、ただそう思うだけだわ。男って本当に弱いものだし、女のほうは、それはあつかましいんですもの。でも、今度のはちがうわ。本当に憎むわ。許したりなんぞするもんですか」。（一五章）

と息巻くのだ。この夫人の言葉に圧倒されて、「私」は彼女に向かって次のようなセリフを吐く。

「……女のために奥様を棄てたというのなら許せるが、なにかある観念のために、そうしたというのは許せないと、つまり、前の場合ならば、奥様のほうにも打つ手はあるが、もし後の場合ならば、なんとも手のうちようがないという」。(一五章)

これは、突然の家出をし、狂気に取り憑かれた男の恐ろしいほどの一途な気持を直観した女の激しい憎しみを、的確に生々しくあらわしたセリフといえる。恐らくエイミーの生涯にとって初めて心の底から出た叫びのセリフであり、それまでの淑女としての彼女しか知らぬわれわれの度肝を一瞬抜く。文学とか芸術をサロンの一形態とみなして、表面上のお上品な交遊と知人や著名人のゴシップとにうつつを抜かす平穏な生活が初めて破られたとき、激しい言葉が思わず口をついて出たのである。ここで夫人は、サロン風の借り物の芸術ではない、真実の何ものかに触れ得たのであろう。エイミー・ストリックランドという、この小説の中での狂言回し的な人物に前記の発言をさせたことは、この女性が一時的にせよ、モームの考える真実に近づいたことになる。

つまり「色恋沙汰」や「恋愛」というのは決して長続きせず、儚いものである、ということが作者モームの恋愛観であったのだろう。(7) たとえば、名作として知られる「赤毛」('Red,' 1921) は、そうしたモームの恋愛観が物語構造の中で最もよく凝縮された短篇といえる。モームはこの作品の中心人物の一人ニールスンに、恋の悲劇は死でも別れでもなく、相手への関心を失うことである、とまで言わせているのだ。(8)

ところで、エイミーは夫の出奔後、子供を親戚に預けながら自活しなくてはならなくなるが、その後は生活も安定し、特に夫の死後名声が高まってからは、天才の妻であったという誇りと虚名に安住してしまうことになる。作品のエピローグ（五八章）で述べられているように、そこでのエイミーの上品ぶった態度は、かつて予期せぬ真実に接して動揺し自己の内面をさらけ出した態度とは好対照をなしている。

さて話は戻るが、はた目からみると創作せねばならぬと突然思いたったようにみえるチャールズ・ストリックランドにとって、まず妻が、さらには家族が自分の魂を規制するものであれば、それらは振り捨てねばならない存在であった。こうして家族だけでなく世俗のあらゆる価値を否定して絵を描き続けるチャールズが次に出会うのは、パリで貧窮に（後には病気に）苦しんでいたときに助けてくれるダーク・ストルーヴ夫妻であった。底抜けの善人であるオランダ人のダークは三文画家ながら他人の絵と才能の識別にかけては一流の腕をもち、また妻のブランシュを深く愛していた。いち早く、ストリックランドの尋常ならざる才能を見抜いていたダークは、嫌がる妻を無理やり説得して、病気のストリックランドの世話をすることになる。ブランシュは最初から、ストリックランドの原始的ともいえる体質に嫌悪感を抱いていた。こうした彼女の嫌悪が執拗に描かれているために、読者にとっては、その後ブランシュが夫を棄ててチャールズ・ストリックランドのもとにはしる物語の流れは、それほど意外な展開にはなっていない。(9)

ストルーヴ夫妻には、元々ダークの一方的な愛情はあっても、妻からの積極的な愛情表現はなかった。(10) この夫婦を結びつけているものがあるとすれば、感謝と慈しみの情といったものであろうか。偽りの、あるいは幻想の、といえるような愛情生活の中で、長い間抑圧されていた情念の火が原始的な体質のストリックランドとの出会いによって、ブランシュの体内に燃え上がることになるのである。しかしストリックランドからみれば、これは恋愛などというものではなく、次の引用にあるように、彼自身は単にブランシュのセックス・アピールに一時的に屈したことにほかならない。
ストリックランドが一時の迷いから醒めてみると、またもやこの女も自分の魂を制御しようとする魂胆がみえてきたために棄て去り、最後は彼女の自殺という結末に至るのである。後に「私」に問い詰められたストリックランドは、この間の事情を平然として次のように述べるのだ。

「俺は恋愛なんかまっぴらだ。そんな時間はない。要するに、あんなものは弱さだ。そりゃ俺だって男さ、だから、ときどき女が欲しくなる。だが、一度肉欲が充たされてしまえば、俺はもうすぐと、ほかのことを考えている。俺は、自分の肉欲に勝てない人間なんだ。だが、肉欲を憎んでいる。肉欲というやつは俺の精神を押し込めてしまうんだ。あらゆる欲情から自由になった自分、そしてなんの妨げもなく、いっさいをあげて仕事に没頭できる日の自分、俺は、どんなにその日を待ち望んでいることか。女というやつは、恋愛をする以外なに一つ能がない。だからこそ、やつらは、恋愛というものを、途方もない高みに祭り上げてしまう。まるで人生のすべてでもあるかのようなことを言いやがる。事実は、なに鼻糞ほどの一部分にしかすぎないのだ。肉欲というものは、俺も知ってる。正常で、健康なものなんだ。だが恋愛というのは、あれは病気さ。女というやつは、俺の快楽の道具にしきゃすぎないんだ。それが、やれ協力者だの、半身だの、人生の伴侶だのと言い出すから、俺は我慢ができないんだ」。……

「……（女）は小っぽけな心の持主だもんで、自分に分からない抽象的なものは、いっさい嫌悪する。感覚的なものばかりに心を奪われて、観念、理想と言えば、端から憎んでかかる。男の魂というものは、この宇宙のどんな限りない涯までも天翔って行く。それをやつらは、なんとかして家計簿の中に閉じ込めてしまおうというのだ。……」（四一章）

そんな彼にとって理想的な伴侶としてあらわれるのが、タヒチ島で暮らすアタであった。ストリックランドが彼女を理想的というのは、必要なとき以外は自分を放っておいてくれるからである。後年、タヒチ島を訪ねた「私」に、ブルノ船長（タヒチ時代のストリックランドをよく知るフランス人）が次のようにストリックランドの言葉を伝えている。

「じゃ、君はアタと二人で幸福なんだね？」と、私（ブルノ船長＝筆者）は訊いてみた。

「すると、彼の答えがいいじゃないか。あの女は、私（ストリックランド＝筆者）をそっとしておいてくれるんだよ。食事をこさえてくれ、それから子供の世話もしてくれる。私の言うとおりなんでもしてくれる。つまり、私が女から求めているものだけは、ちゃんとあの女はやってくれるんだな。……」（五三章）

ストリックランドはヨーロッパ文明社会を遠く離れた楽園のようなこの地で、アタのような女性と暮らすことにより、畢生の大作を仕上げることが出来たのだろうと語り手は、医師のクトラから聞くのである。アタは情熱を欠いていても、献身的に終始愛情にみちた態度で画家に接する。この女性の特質は『人間の絆』のサリーを思わせもする。だが、このサリーでさえも結婚後は男の魂の自由を奪うような徴候が出ないとも限らないとすれば、そうした物語の設定にはある種のアイロニーが込められているとも考えられよう。

しかし反面、タヒチ島のアタという人物の設定は、エイミー、ブランシュとの対照の上で欠かせないものであろうが、ヨーロッパ人が非ヨーロッパ人やその世界を描く場合に陥りがちな常套的表現になっているという印象は否めない。これは、一九世紀的西洋近代の世界観が物語に反映されているということであれば、それはまた時代の制約ということで理解できるのだが、小説の中では一方的に見えてしまうストリックランドの「やみくもの」の女性観には批判があり得るだろう。

3–2 ゴーギャン作「夢」1897年　絵はがき

Ⅲ　モームの主人公に託した真意

結局、ストリックランドは、自身の作品を完成させることによって、ようやく己の魂を解放させたようだ。自分だけでなく、他人をも犠牲にすることで、さらには人間的なしがらみをすべて断ち切ることによって、ストリックランドは最終的な勝利を得たようにみえよう。

一般的にいえば、「人と人との共通の絆」(四一章)を拒否するストリックランドの作品は、並の人間が理解出来ない風変わりなものになってしまっている、というふうに考えられる。しかし、そうした人間のもつ芸術観、すなわち常識はずれの奇怪じみた男の創作などを頭ごなしに無視し、嫌悪するような俗物的な芸術観[11]をモームは、こういう小説を書くことによって批判しているのである。

モームは、常々何ものかに憑かれたように行動する人間に興味を惹かれていて、そうした人物を作品の上で生々しく描いていた。『月と六ペンス』でも、モームはこのような人物の後半生を「私」の視点から語らせることになる。加えて、作品全体に強固なリアリティを与えるための工夫が、ストリックランド夫人やその家族の設定にあったのではないだろうか。

作中では、パリでのストルーヴ夫妻に関連するエピソードや、タヒチ島でのエピソードが読者に強い印象を与えるようにもみえる。しかし重要なことは、ストリックランド夫人に関連する話が最初の一七章までの部分とエピローグのところに、前述の二つのエピソードを挟むような形で出てくる点である。こうした手法は、小説全体に微妙なアクセントをつけるだけに終わらず、陰影に富んだ効果を与えるのに役立っている。

たとえば、エピローグにある、ストリックランド夫人が自宅の壁に夫の描いた複製画を飾っておくという気持をわれわれはどのように理解したらよいのだろうか。もはや彼女は生身の夫を制御することは出来ないが、チャールズ・ストリックランドという天才のエッセンスを「家計簿」ならぬ「複製画」の中に閉じ込めることが出来たつもりになっている。そして、夫が株屋だった頃のストリックランド夫人にものの見事に逆戻りすることになったとはいえまいか。さらに皮肉な点は、夫人がかつて、夫が絵にのめり込んでいるという「真実」に接したときに動揺したことなどさらさらなかったかのように振る舞う様子の描写であろう。

ストリックランドの死と共に物語がすでに終わったと感じていた読者は、この時点でエピローグを単にエピローグで終わらせぬ作者の筆致に一層強い印象を受けるであろう。われわれはここで改めて、一連の出来事の決着がついたところから物語の第一章が始まり、以後の物語の大部分は「私」の回想となっていた点を思い出すことになる。すなわち、物語がエピローグに入る以前に（一章）、ストリックランドの長男ロバート――聖職者になっている――が父親についての内輪ぼめの伝記を出版しているという事実を読者はすでに知っているのである。たとえば、冒頭の章で、ストリックランドがパリから出した手紙の中に‘God damn my wife. She is an excellent woman. I wish she was in hell.’（「女房なんぞまっぴら、糞食らえだ。いやはや、りっぱな女だよ。いっそ悪魔にでも食われちまえ」（傍点引用者））という文言があった、と紹介されている。ロバートは、この中の‘excellent woman’という反語的表現を手紙の文脈から切り離して伝記中に使ったため、ストリックランドが単によき夫、父親であることを証拠だてるような意味に歪曲してしまったのである。

さらにエピローグでは、恐らくはストリックランド家が期待するような伝記が他の人間によって執筆される予定であることが明らかになる。こうした手法に満足するかのように、後日モームは『お菓子とビール』(*Cakes and Ale*, 1930) において、語り手となっているウィリー・アシェンデン (Willie Ashenden) が老大家エドワード・ドリッフィールドの未亡人エイミー（『月と六ペンス』の主人公の妻と同名であることに留意したい）にドリッフィールドの伝記の資料収集に一役かわされそうになる、という状況を設定している。こうして、チャールズ・ストリックランドという類まれなる天才が俗物根情まる出しの中流階級の人間の水準にまで落とされて一般に公表されるという設定のために、より一層の皮肉な効果が作品全体に加わることになる。

話をここで本稿の出発点に戻してみよう。『月と六ペンス』は何についての物語なのか。人間なるものの不可解さや矛盾に関心の日を向けていたモームは、ロバート・コールダーも指摘しているように、超俗的な生き方に惹かれていたと同時に、世俗臭にみちた生き方にも捨て切れぬ興味を抱いていたようである。[12] とりわけ後者の、すなわち「六ペンス」の世界の住人たちの描き方に二通りのニュアンスが込められていることに注意したい。たとえば、ダーク・ストルーヴは「月」的生き方の価値を十分に認識しながら、最終的には「六ペンス」の小市民的幸福の世界を自分の帰るべき場所と決めてしまう。一方、ストリックランド夫人そのほかの登場人物の何人かは、「月」の真の価値を認めようとせずに、偽善的中流階級の市民の暮らしに埋没している。いうなれば、「月」と「六ペンス」の間を去来する語り手の語りの中に、作者モームの心の揺れが導入されている、とみることは出来ないであろうか。モームは実は、この揺れ動く感情に支配されているために、このようなアンビヴァレンスを作品の中で必然的に重視していることになるのだ。その点でモームが、ストリックランドの世界を一本調子で描かずに、彼を終始からめとろうとする俗世間、とりわけ家族を並行させながら同時的に描いたことは、作品に迫真性をもたらす効果があったと思う。

また、主人公夫妻の関係に、通常はあまり意識にのぼらない夫婦生活における虚構とか幻想を意識する読者もいることであろう。モームはあるいは、こうした夫婦の関係を通して、この物語に彼個人の抱く夫婦生活への幻滅を投影したのかもしれない。[13] もちろん作者モームが第一に描きたかったことは、平凡な生活を送っていて突如理想に取り憑かれてしまった男の人生であろう。しかしモームは、同じように芸術を志す人間として、この天才画家の生き方を理想とはするが、それがあくまで願望の域にとどまらざるを得ない、とわれわれに思わせる時がある。たとえば、未熟な青年作家だった頃の「私」がパリでストリックランドを探し出して詰問する挿話をここで取り上げてみたい。

「だが、いいですか、もしみんなが、あなたのような真似をするとしたら、この世の中はどうなりますか？」「これはまた馬鹿な話だねえ。みんなが僕の真似をしたがるなんて、そんなことがあるもんか。まず百人がとこ、九十九人は、平凡なことで満足しているんだ」。（一四章）

こうしたストリックランドの素っ気ない返答の中に、はっきりとモームの捉えた人生の真実の一面が浮かびあがってくる。モームは、自己ならびに語り手の願望でもあるような「月」的生き方への共感に劣らないくらいに、「六ペンス」に象徴される人物たちの、ストリックランド的生き方への様々な反応を鮮明に描き出している。ストリックランド夫人、その子供、親戚、ローズ・ウォータフォード、さらにはダーク・ストルーヴもその範疇に入る「六ペンス」の世界の住人たちに多くの読者が自己の姿を見出すとすれば、それこそが『月と六ペンス』というう小説のリアリティによるものであろう。

テクスト

W. Somerset Maugham, *The Moon and Sixpence*, The Collected Edition (London: Heinemann, 1976) を使用し、随時 Penguin 版 (Harmondsworth: Penguin Books, 1969) を参照した。その他本稿で言及されているモームの他の小説も、上記の版で読むことが出来る。

注

（1）『サミング・アップ』などで語られる（特に『人間の絆』執筆の頃の）モームの結婚観は確かに肯定的なものだった。だが最近の評伝によると、彼の結婚の決意は、シリーに対する純粋な愛情とは別の要因が複雑に絡んでいた、と解釈されるようである。
Maugham, *The Summing Up* (Harmondsworth: Penguin Books, 1969), pp. 128–9.
Robert Calder, *Willie, The Lives of W Somerset Maugham* (London: Heinemann, 1989), Chaps. 4–5.

（2）Anthony Curtis, *Somerset Maugham* (New York: Macmillan Publishing Co, Inc, 1977), p. 117.

（3）*The Times Literary Supplement* (London), 12 August, 1915/Anthony Curtis,John Whitehead (eds.), *W.S. Maugham: The Critical Heritage* (London: Routledge & Kegan Paul, 1987), p. 124.

（4）モームは後年、次のように述べている。
「子供時代の著者（モーム＝筆者註）は、月を追い求めて足元の六ペンスを見逃してしまう人間を笑うべきものとして教えられたが、大人になった今では、これが信じ込まされた程に途方もなく馬鹿げているとは思えないのである。六ペンスを拾いたければ、拾わせるがよい。しかし、月を追い求めることの方がもっと楽しい気晴らしになるように思われる」。
Calder, pp. 156–7.

（5）*The Summing Up*, pp. 128–9.

（6）以後本稿では、語り手を便宜上「私」とよぶことにする。ただし『月と六ペンス』からの引用の訳文では、語り手は「僕」というよび方になっている。また訳文については、筆者が若干書き改めたところがある。引用文等の後の（）内の数字は同作品の章数を示す。上記の翻訳については、中野好夫訳『新潮世界の文学／モームⅡ』（新潮社、一九六八年）を使わせていただいた。

（7）*The Summing Up*, pp. 200–1.

（8）Maugham, 'Red', *Collected Short Stories* (Harmondsworth: Penguin Books, 1978), IV, pp. 420–1.

（9）こういうふうに、読者に筋の展開がみえてしまうところに、モームが通俗作家だと非難される由縁があろうか。

（10）短篇小説「手紙」（一九二四年）、とりわけモーム自ら脚色した同名の舞台劇（一九二六年）の中のレズリーとロバートの夫婦関係が興味深い考察の対象となろう。Maugham, 'The Letter', *Collected Short Stories*, IV. Maugham, *For Services Rendered, The Letter, Home and Beauty* (London: Pan Books, 1980).

（11）たとえば、キャサリン・マンスフィールドは、『月と六ペンス』で描かれた芸術家像に反発した。彼女に言わせると、真に偉大な芸術家は、決してストリックランドのように飲んだくれの無頼漢ではなく、「全くしらふの」人間なのである、と。Katherine Mansfield, *Athenaeum*, 9 May, 1919/*W. Somerset Maugham: The Critical Heritage*, pp. 139–42.

（12）Calder, p. 157.

（13）Archie K. Loss, *W. Somerset Maugham* (New York: The Ungar Publishing Company, 1987), p. 44.

本論は、『英米文学』第五〇号（立教大学、一九九〇年三月）に掲載された旧稿に加筆修正を施したものである。

3–3 モームと妻シリーの写真 1917年

第四章
モームの短篇小説にみる生と死と
「ハリントン氏の洗濯物」と「サナトリウム」を中心に

I　人間の生の終え方

サマセット・モームはかつて、人間はその死に際にこそ、その人物の器量――「強さ弱さ・勇気と落胆」――がはっきり表われるものだと喝破した。

「偉い人たちがどのように死んでいったのかを知ることは、彼らが生前どのような生涯を送ったのかを知るのと同じように重要なことだ。われわれ人間の生は外部の状況に左右されてしまうのだが、死はわれわれの手でどうにでもなるからである」(1)。（『作家の手帳』*A Writer's Notebook*, 1949）

文中の「偉い人たち」を「普通の人々」と置き換えて読めば、彼のこの洞察は、その後の作家サマセット・モームの主要な関心事のひとつとなっていくことが分る。

モームにとって、人間の死はどのような意味を持っていたのであろうか。例えば、モームの残した短篇の幾つかには、死に否応なく直面させられる人間の姿が描かれている。短篇小説という表現形態の非常に限定された世界の中でこそ人間の営みが最も端的に、又、象徴的に表現され得る、との立場に立つならば、いわば死を生きるという宿命を背負うこうした人間の描写に、モームの死生観の一端が凝縮されていると思われる。

具体的には、モームの文学活動の最盛期に執筆された長篇『アシェンデン』(*Ashenden: or the British Agent*, 1928) のとりわけ、「ハリントン氏の洗濯物」('Mr Harrington's Washing') と、後年になって発表された同じくアシェンデンものの一編である「サナトリウム」('Sanatorium') とを検討の対象に挙げたいと思う。[2] 二つの作品ではどれも、同一の名前の人物アシェンデンが物語の視点に座っている。[3] モームの重要な、そして成功した作品(長短篇)には一人称で語られたものが多く、『アシェンデン』執筆前後にはすでに、こうしたスタイルを彼独自なものとして確立していたことを思いあわせると、アシェンデン物語が一人称ではなく、三人称の視点で統一されていることは大変興味深い事実だ。

もっとも三人称とはいえ、『人間の絆』における視点の設定(主人公フィリップの視点が「彼」で語られる)と同様に、ここでも「彼」(=アシェンデン)が視点の中心にいて、「彼」が見聞したものだけが語られることになるのである。実質的には、三人称代名詞で語られるアシェンデンが、一人称小説における「私」(=語り手)の役割に相当することになる訳だ。

一方、『アシェンデン』と「サナトリウム」では相違点もある。前者がスパイの活動を中心にした連作短篇を集成した趣があるのに対し、後者は『環境の産物』(*Creatures of Circumstance*, 1947) という短篇集中の一つであるという外面的な相違がある上に、同じ名前をもつ主人公の設定も異なっている。「サナトリウム」では、アシェンデンがスコットランドの北方に位置する療養所に入っている状況が述べられるだけで、彼の過去の経歴などには触れられていない。

こうしてみると、この二つの作品はその主題も雰囲気も異なっていて、両者の直接的な結びつきは薄いように思えるが、前述したモームの死生観を探る上では格好の材料を含んでいることも事実なのだ。なぜなら、スパイの世界と結核療養所における人々のドラマは否応なしに、人間の生と死とを私たちに考えさせる契機を与えてくれるからである。ある時は諜報部員であり、ある時は結核患者であるアシェンデンが、これらの物語の「語り手」として選ばれた理由もそこにあろう。

Ⅱ ハリントン氏の「洗濯物」が象徴するもの

モームは、第一次世界大戦が始まってまもなく、イギリスの情報部員としてジュネーヴ、その他のヨーロッパの都市で暗躍するようになる。[4] さらに大戦終結前には、ロシアに対し戦争継続工作をするという密命を帯びて、ペトログラードに潜入するのである。[5] モームによると、『アシェンデン』は主に、彼のこうした二つの時期の経験を基にしているが、決してルポルタージュの類ではなく、小説として書かれたものである、ということだ。[6] その点、モームがこの小説を三人称のスタイルで書き上げたのは故のないことではない。「これは『私』の単なる経験談ではない」ことを読者にそれとなく印象づけている。

ところで、そうした激職に就いたためか、モームは若い頃に患った結核を再発させ、スコットランドの療養所で二年近くの歳月を送らなければならなくなる。[7] やがて、転んでもただでは起きぬこの作家の内なるしたたかさは、後年、その名も「サナトリウム」という短篇にその成果をある程度結実させることになるのである。

『アシェンデン』は連作短篇集であって、形の上では一六の表題作品（章）で構成されているが、内容的には必ずしも一章ごとに独立した物語として完結している訳ではない。二、三章にまたがって、一つの物語を形作っているふうに考えられるからである。その点を先ず、ストーリーを追う前に確認しておきたい。

イギリスの作家アシェンデンは、とあるパーティーで紹介されたR大佐に、諜報活動を依頼されることになる。R大佐は、イギリス情報機関のトップに連なる人物であった。彼はこの仕事をアシェンデンに依頼するにあたって、次のように忠告する。

「……仕事をうまくやったからといって、どこからも感謝される訳ではないし、厄介なことに巻き込まれても助けは来ないのだ。それでも構わんかね[8]」。（『アシェンデン』第二章「R大佐」）

4–1　第一次大戦期赤十字野戦病院隊 1915年

実際、R大佐の言うように、スパイ稼業は少しの愛国心を満足させること以外、全く希望のない割のあわぬ仕事のようにみえた。だがアシェンデンは経験を重ねるにつれ、作家という肩書が闇の稼業の隠れ蓑になることの有利さを実感するようになる。作家はその時点においても本来の彼の職業であるのに変わりはないのだが、作家という仮面を通して眺めた裸の人間性と、複雑怪奇な人間たちのドラマがアシェンデンの興味を強く捉えるのである。この辺の、アシェンデンのスパイとして、また人としての心情は、ほぼモーム自身のものと考えて間違いあるまい。作者はこうした人物の目を通して、変化に富んだ物語を展開させていく。実際、アシェンデンは何度か危い目にあうのだが、そのたびに冷静な言動でそうした状況を辛うじて切り抜けていく。

『アシェンデン』における主人公の活躍の場は一三章までは主として、スイス、フランス、イギリスなどであるが、残りの三章では彼のスパイ活動の最後の場として、ロシアにその舞台が移ることになる。実はこの部分が、全篇の主題を要約したような形で構成されているため、これからそこで語られている物語を詳しく検討する。

第一四章は「ふとした縁での道連れ」('A Chance Acquaintance')と題されていて、ウラジオストックからペトログラードに至る一一日間の汽車の道中が描かれている。ここでは、ハリントン氏というアメリカのビジネスマンと客室を共有せざるを得なくなったアシェンデンの弱り切った様子が、やや自虐的に執拗に語られる。アシェンデンは事前に領事館を通して、この男の名前を知らされており、ハリントン氏はケレンスキー臨時政府との商取引のために、ペトログラードに向かう途中であった。彼はまるで口から先に生まれついたような男で、アシェンデンに向かって、妻子を如何に愛し、祖国と会社にどれ程忠誠を尽くしているかを、また、ひとつの書物をめぐり、意見を滔々とまくし立てたりする。こんな風にハリントン氏は同室者の気持に全く頓着しないかと思えば、一方アシェンデンが病気の時には、肉親も出来ないような甲斐甲斐しい看護ぶりを発揮することもある。

アシェンデンをとりわけ唖然とさせたのは、ハリントン氏が自己流の生活様式（食事、洗面、身繕いなど）を旅にあっても頑なに守り通そうとする態度である。清潔好きのアシェンデンでさえ、一、二日であきらめてしまった長期の不自由な列車内での身繕いの習慣を、彼は絶対崩そうとしないのである。お蔭で少ない車両の洗面所は一人の男に占領されることもしばしばであった。その結果ハリントン氏は、「まるで、フィラデルフィアの赤煉瓦のちょいと瀟洒な造りの自宅を出た後、市電に乗って町なかの会社に行こうとしている時のように、きっちり身繕いした格好」（第一四章「ふとした縁での道連れ」）[9]になるのであった。毎日、こうした状況下で下着を換えるという習慣は物語のクライマックスへのひとつの伏線となる。

この時、アシェンデンは次のように自分のハリントン氏に対する倒錯した思いを表現する。

彼（ハリントン氏―引用者註）の自己満足は恐ろしい程であったが、ひどく無邪気な類のもので、怒る訳にはいかなかった。自惚れの方も相当に子供っぽいものだから、それには笑ってすませるしかないのだ。稀代の善人で思いやりが深くて愛想がよく、丁重なために、よっぽど殺してやろうかと思う反面、アシェンデンはこんな短期間に愛情にも似たものをハリントン氏に感ずるようになっていることを認めざるを得なかった。[10]（第一四章）

アシェンデンにとっては、このような長い道中のハリントン氏の底抜けの陽気さと楽天家ぶりは辟易するものであったにもかかわらず、次第にこのビジネスマンに惹かれていく過程が巧みに描写されていて、読者もこうした騒々しい人物に反発、共感こもごもの印象を抱いてしまうことになろう。ハリントン氏のように、一見陽気で饒舌な性格の人物の設定は、『アシェンデン』の前半の印象的な「禿のメキシコ人」中の将軍の性格を彷彿とさせると思う。勿論、ハリントン氏には、陽気な仮面に隠されたそのメキシコ人のテロリストとしての残忍な凄み等はないのであるが。要するにこの章では、アメリカ人ハリントン氏の言動の（アシェンデンの視点から）次々と描写される個所が私たちに強烈な印象を残し、その奇矯な性格と人物像のユニークさが読みどころのひとつとなっている。

次の一五章は「恋とロシア文学」('Love and Russian Literature') と名づけられている。ここでは珍しく、アシェンデンの私生活が話の中心となる。それは、彼の青春時代のロマンスの回想という形をとる。その相手はこれからペトログラードでアシェンデンの仕事を手伝うことになる女性である。『アシェンデン』は連作短篇という形を取っているので、前後の物語のニュアンスが巧みに連動、或いは反響し合っている有り様を見出すことが出来る。例えば、アシェンデンのロシア行きの前の物語（第一二章「大使閣下」）で彼は、某国駐在イギリス大使の青春時代の痛ましくも情熱的なロマンスを聞かされているのだ。リチャード・コーデルが指摘しているように、モームの読者はここで、『人間の絆』におけるフィリップとミルドレッドとの泥沼のような情痴沙汰を思い起こすことであろう。(11)

しかし今回（一五章）、アシェンデンは他人のではなく、自分の恋愛をきわめてアイロニカルな視点で回想するのである。彼の恋心は、ちょっとした相手の何気ない癖をみつけてしまうことで、あっけなく消えてしまった、というのだ。彼女はロシアの亡命革命家の娘で、アナスターシア・アレクサンドロヴナという魅力的な人妻であった。ところが、ひどい大食いの女性で、毎日炒り玉子をとる習慣があることが分り、一週間のパリでの同棲生活を終えて、アシェンデンは帰英を果たすと早々にアメリカに逃げ出すのであった。後で考えてみると、「アシェンデンが愛したのは彼女ではなく、トルストイやドストエフスキー、リムスキー・コルサコフ、ストラヴィンスキーやバクストなのであった」[12]（第一六章「ハリントン氏の洗濯物」）。モームはここでアシェンデンの目を通して、二〇世紀初頭のヨーロッパ諸国の「インテリゲンチャ」のロシア文化への無邪気な熱い憧れに冷水を浴びせかけたことにもなる。[13]

このようにみてくると、「大使閣下」では語り口と雰囲気が深刻な調子であったのに、「恋とロシア文学」の章ではそれと反対に、作者は努めて滑稽な調子を出そうとしており、主人公の経験をだしに使って、恋愛感情のはかなさや移ろい易さを別の一面から描き出そうとしているようだ。本来はシリアスなものとして扱われることの多いスパイ小説にしても恋愛小説にしても、モームの手にかかると、ここでは、そうしたルーティンの通俗話に対するパロディに近いところまでいってしまうことになる。世界の現実と理想との食い違いやその落差の大きさを故意に強調することによって、そこで展開される人生の皮肉な局面をわたしたちは読み取ることが出来よう。

さて、『アシェンデン』の物語全体を締めくくることになるのは、ハリントン氏のエピソードに関わる三番目の章「ハリントン氏の洗濯物」である。ケレンスキー臨時政府崩壊前夜のペトログラードの緊迫した有り様が、作者モームの弁解[14]とは裏腹に、幾つかの個所ではルポルタージュ風に簡潔に写し出される。劇中のそうした生々しい緊迫した状況は、そのままアシェンデンと、彼と再会して昔のことは忘れたような涼しい顔をして彼の情報活動を手伝うことになるアナスターシア、そしてハリントン氏の各々の心理状態を反映している。

アシェンデンという人物は、周囲の状況に対して冷静で的確な判断を下せるという風に、ある意味ではスパイに適した性格の持主といえよう。反面、第二章「家宅捜査」('A Domiciliary Visit')でのジュネーヴのホテルにおける二人の警官の来訪を受けた時の彼の反応、心理状態からも察せられるように、彼は必ずしも豪胆な勇気の持主ではない。それどころか、この年齢（四〇の坂を越えている）にしてはかなり内気で、ナイーヴな一面が見え隠れする。だが一度思いきると、意外に度胸のすわった言動が出来る面もある。さらに人間性については敵味方の区別なく、好奇心をたくましくし、可能な限り偏見を入れずに観察しようとする度量があり、人間性そのものの不可思議さにうたれたりする。一方では「大使閣下」で描かれているように、対談相手から大使の魂の奥底を余りに露骨に見せられると、何ともいえぬ嫌悪感を催す程の嗜みをも持っているのである。

以上のように、屈折した性格を持つ人物と他の二人の身辺に迫り来る危機的状況の描写が、表面的には最終章のポイントのひとつとなろう。事実、この章の後半では、臨時政府が崩壊したため、脱出の時機を逸すれば、彼らの命は風前の灯となる段階に至る。こういう設定はスパイ小説の定石でもあるのだが、モームはその定石にそのままのっとるのではない。作者はここで、ハリントン氏の脱出の可能性について、（すでに語られている）彼の特異な性格と絡めて述べていく。

ハリントン氏は洗濯屋に出した僅かばかりの洗濯物に心を奪われて、すぐにペトログラードを出ると言わないのだ。次に挙げるのは、アシェンデンとハリントン氏の対話の部分である。

「ともかくまだ事態が最悪にならない内に、ここから出なくてはいけませんよ。それを取ってくる使用人がいなけりゃ、洗濯物なんか置いていくより仕方がないでしょう」「お言葉を返すようですが、そんなことは断じてしませんぞ。自分で取って来るまでです。この国の連中にはもうさんざんな目にあわされてきたし、まだまだ着られる四枚のシャツを、あの汚ならしいボルシェヴィッキの連中にむざむざ着させる訳にはいきませんよ。絶対だめです。洗濯物を取り戻すまではロシアから出る訳にはいきません」[15]。

（第一六章）

アシェンデンは、こうした彼の言動を理解し得ないでいるが、奇妙なことにアナスターシアとハリントン氏の間には、性的ニュアンスの関係はない不思議な友情が芽ばえていて、彼女には彼が理解出来る、というのだ。

「彼女の中に、ハリントン氏の馬鹿げた頑固さに通ずるものがあるらしいことは、アシェンデンでも分った。彼女はロシア人なりの理解の仕方で、ハリントン氏は洗濯物を取り戻すまでは決してペトログラードを離れないことを知っていた。そうした彼のこだわりは洗濯物に象徴的価値を与えていたのである」[16]。

（第一六章）

結局、アシェンデンは渋々アナスターシアと一緒に彼を危険な街路に出してしまうのである。しかしまもなく、ハリントン氏は革命軍の流れ弾にあたったらしく、落命する。作者は次の一節で、『アシェンデン』の幕をひく。

彼の山高帽は溝に転がっていた。彼は血の海にどっぷり浸って、俯せに倒れていた。骨ばった禿頭は青白かった。しゃれた黒の上衣は血と泥で汚れていた。だが手には、四枚のシャツ、二枚の上下続きの下着、パジャマ一式、四枚のカラーの入った包みがしっかりと握られていた。ハリントン氏は最後まで、洗濯物を離さなかったのである。(17)（第一六章）

この余りにもあっけないハリントン氏の死は一体、何を意味するのであろうか。ここで例えば、第三章において、イギリス出身の老婦人、ミス・キングが謎の言葉を吐いて絶命する不気味な結末を思い浮かべることが出来るかも知れない。だがどちらかというと、その場面は非常にあざとい印象をあたえかねず、却って読者の感興を殺ぐことも考えられる。それよりもわたしたちは、禿のメキシコ人がらみの話が展開する第六章「ギリシャ人」の最終場面を思い起こすべきであろう。アシェンデンの手先となっているメキシコ人が結局、目ざす相手を間違えていたことが判明する件りだ。短く強烈な一節が突然、読者の眼前に飛び込んで来る。「この大馬鹿野郎、お前はやる相手を間違えたんだぞ」(18)（第六章「ギリシャ人」）と言った時のアシェンデンの言葉には、相手を非難する強い感情が込められているが、この場面を描く作者の力点はそこにはない。この簡潔な一文には、テロという行為の結末の意味（或いは意味の無さ）が道徳や感傷を全くと言ってよい程排したレヴェルで表現されている。

その意味で、「ハリントン氏の洗濯物」の最終場面には、それと相似た劇的効果が生み出されているであろう。一見、素っ気ない表現の中に、まるで人生のすべての意味（或いは意味の無さ）が凝縮されているかのように。

『アシェンデン』は深刻な調子が続くかと思えば、時に明るく滑稽な場面が挿まれる。中でもハリントン氏に関わる物語にはその印象が強い。それはここでの中心人物となるハリントン氏の漂わす陽気で無邪気に思える性格によるところが大きい。一方、そうした調子と対照的に革命前後のロシアの都市の不気味な雰囲気や、ハリントン氏の落命の有り様を語る作者の口調からは、単に面白い話を語って、それらしい雰囲気を作るだけで満足するような作家の態度――モームはそのようによく非難されるのだ――とはかけ離れていることが感じられる。そこには、円熟期のモームの、硬軟自在に人生を書き分けようとする気迫と自信に満ちた姿勢が読む者に伝わってこよう。

モームはこの章で、言わば無意味な死に向かって、無意味にみえる行動に駆られる人間の姿を突き放したように映し出す。ドタバタ喜劇が一瞬の内に暗転するその人生模様の内に、作者は、非常事態下にあっても日常の堕性に縛られる人間の姿を冷静に描き出そうとしている。ちょうどアシェンデンがスパイとしての任務を日常卑近なレヴェルで捉えざるを得なくなったように、人間の毎日の営みが、本来は厳粛たるべき死をさえも、まるで生のありきたりの一点であるかのようなものに変えてしまうのであろうか。ハリントン氏の執着したものが洗濯物であるところが、いかにもモームの皮肉な人生観をよく窺わせると思う。

Ⅲ　サナトリウムという、世界から隔離された人間の生と死と

次に短篇作品「サナトリウム」の状況設定を検討したい。モームの現実の体験を思い起こせば、表面的にはこれは長篇『アシェンデン』の物語の後日談として読むことも可能かも知れない。戦争・スパイ合戦のただ中にあって、人間が日常的に死の危険に怯えている世界とは少し違った意味で、ここでも日常的に死の影がサナトリウム内の人々の意識を規定してしまっているように思われるからだ。結核に対する人々の恐怖心が現在とは比べものにならない程強かった時代の話である。

「サナトリウム」では主要なエピソードが三つあって、そこで描かれる人生模様が最終的に交互に有機的な結びつきを持つことになる。一例目は、療養所内で一七年暮らしているマクラウドとキャンベルの二人の男の話である。マクラウドが半月早く入院したため、彼が最上等の部屋を占めている。一方階下のキャンベルは常にヴァイオリンをがなりたてていて、マクラウドの怒りを煽っているというように、二人には終始いざこざが絶えない。

二例目は、ヘンリー・チェスターという三〇歳を越えたロンドンの元会計士に関わるエピソードである。その一家はこれまで健康で愛情に満ちた生活を送っていたのだが、全く予期せぬヘンリーの発病により、崩壊寸前にまでいってしまう。理由の一つは、ヘンリーが、毎月一度彼を見舞う妻の健康な若い生命力を目のあたり

にして、自分だけの不幸を嘆く余り、彼女を憎み始めるからである。作者の筆は特に、次第に妻に対して冷たい態度を取るようになる夫ヘンリーの心理状態を暴くところで冴えわたってくる。

幸福を絵に描いたような中産階級的価値観にどっぷり浸り込んでいた家族が一つの出来事で暗転する、という好対照の妙は『月と六ペンス』の物語の発端を読者に思い出させよう。チャールズ・ストリックランド一家の幸福図が突如、夫の家出によって崩れてしまう件りである。勿論、それは危い均衡の上に成り立っていた擬似幸福であったことが後に判明する。作者は執拗に、家族関係の申し分の無さを強調しておいて、その後でチャールズの家出、呆然とする夫人の描写の対照を際立たせる。モームのそうした皮肉な方法は、明暗二様の状況を諷刺的に暴き出すためであった。

もっとも、『月と六ペンス』の冒頭がチャールズ・ストリックランドの超人的芸術家気質を徐々に探究していくその導入的役割を担っていたとすれば、「サナトリウム」におけるモームの意図はより単純明快であると思う。発病によって隔離生活を余儀なくされた人間の内面の動揺が、作者の共感を得て、比較的率直に叙述されるところに、この第二エピソードの力点が置かれているからである。

エピソードの第三例は、中年男の元陸軍少佐テンプルトンとミス・ビショップ（二九歳）との恋を扱ったものので、これが作品のテーマと関連している。テンプルトンは入所前は散々に身勝手な放蕩生活を送ってきたのだが、彼の目に、次々とサナトリウムを渡り歩いてきた娘（ミス・ビショップ）の存在が次第に愛しいものに思われてくる。こういう気持ちは、彼には全く初めてのことだった。まさしくテンプルトンの半生は、中産階級的、堅実な価値観を身につけ幸福な生活を送っていたヘンリーと見事なコントラストをなしている。だがこのサナトリウムでは、否、死の前ではすべての人間が平等となる。やがて、テンプルトンとビショップの仲は狭い療養所でも噂の的になり始める。男は、結婚すれば死期が早まることを承知の上で、女にプロポーズする。男はその前に、医師レノックスに最終的な判断の材料を仰ごうとする。

「肺には二つとも空洞が出来ている。結婚すれば半年の命だよ」「結婚しなきゃ、どれ位生きられるんです」医師はためらった。「僕は平気です。本当のことを教えて下さいよ」「二年か三年だ」「よく言ってくれました。それだけ伺えれば十分です」。[19]（「サナトリウム」）

さらにテンプルトンはこの場面の少し後で、アシェンデンに「僕には三ケ月の余命があるだけで十分なのです」[20]と漏らすのである。

ところで、この中心エピソードの全体との関わりを論ずる前に、「サナトリウム」で直接取扱われる死の光景に触れておかなくてはならない。それは、療養所内におけるポーカーのテーブルで、憎いキャンベルを倒し勝利の絶頂の果てにマクラウドが血を吐き急死する劇的な顛末を描いたところである。人間の幸福の絶頂の果てに死が待ち受けているというテーマをモームは、「役職」（'An Official Position', 1937, *The Mixture as Before*, 1940）と題する短篇によって、別の形で試みている。いかにも皮肉屋と呼ばれる作者の好みそうな題材であるが、「サナトリウム」での重点は、死そのものに向きあった人々の姿勢を作者が率直に語ることにある。療養所内の仲間の突然の死は、他の患者達にも心理的影響を与えずにはおかない。キャンベルはあれ程に望んだマクラウドの占めていた最上の部星に移ったにもかかわらず、すっかり元気がなくなり、ヴァイオリンを弾くこともやめ、再び元の部屋に戻りたいなどと言って、医師レノックスに叱責される始末である。生涯の喧嘩相手を失った人間の空虚感がよく描けていて、まもなく彼もマクラウドの後を追うであろうことが暗示されている。

一方、テンプルトンはこの出来事によって、ミス・ビショップへの求婚の気持ちを一層はっきりとさせる。これが前記の引用の個所に続くことになるのだ。さらに、テンプルトンとビショップの命を賭けた恋は、ヘンリー・チェスターの絶望感を和らげ、二人の結婚式に招かれたチェスター夫人に対しても昔通りの優しい感情を彼に取りもどさせるのだ。……

これまで私たちは、スパイ物語『アシェンデン』の最後を飾る「ハリントン氏の洗濯物」から、アシェンデンの療養生活の時期を描く「サナトリウム」に目を転じてきた。ところが、同じように死に直面する人々を描こうとする作者の姿勢には、その相違点も指摘されよう。前者ではハリントン氏の性格が物語の興味の中心となっていて、その性格が自らの死を結果的に招くことになっていたと考えられる。だが後者においては中心人物の性格はそれほど問題とされず、それよりも死に向かうことが同時に現在の生を全うすることになるというテーマが、その物語の基底としてあるのだ。

さて、次にあげるのは作者六〇代に書かれた自伝的エッセイ『サミング・アップ』からの一節である。

いつの時のことか思い出せないが、まだ若かった頃、人生は一度きりのものだから、それから出来る限りのものを生み出してやろうと決心したことがある。私は自分の人生の絵模様を編み出したいと思ったのだ。書くだけでは十分なこととは思えなかった。この絵模様には、書くことも主要な要素として入っているが、その他、人間にとって本質的なあらゆる活動も含んでいて、結局は死が完全な仕上げにするような絵模様である。[21]（『サミング・アップ』第一五章）

これを参考にして、「サナトリウム」に描かれている人々への作者の姿勢を改めて検討してみたい。モームは、サナトリウム内で暮す人々の生き方に、アシェンデンを通して感嘆の念を隠しきれないでいるのだ。モームが理想とする生の終着点としての死の有り様がこれだけ強い共感と人間への同情を持って描かれるのも、モームの作品の中では珍しい位である。それは療養所内で、患者同士の連帯感が束の間ながら芽ばえ始める場面で顕著となる。通常は心を別々にして暮している人間たちは、死を賭したテンプルトンとミス・ビショップの結びつきの強さを目のあたりにすると、日頃の利己心、猜疑心と死の恐怖を忘れるのである。

これは深読みになるかも知れないが、皮肉にもテンプルトン、ビショップの名前の頭文字を重ねたTBは実は結核（Tuberclosis）を意味する単語の短縮形として読めないこともない。新しい夫婦の誕生はTBの消滅（法的には片方のイニシャルは消えてなくなる）と共に、二人の作る人生模様を、つまり「死が総仕上げするような絵模様」を作ることになるからだ。

Ⅳ　モームが語る「人生絵模様」説の矛盾

「サナトリウム」でモームが語る「人生絵模様」は、ある意味で彼がそうありたいと願ったものであって、リアリストでもある作家モームの本領発揮の一面は、「ハリントン氏の洗濯物」におけるハリントン氏の唐突で余りに不条理な死をみつめる彼の姿勢に表われている。ここではペトログラードという都市の荒涼たる風景の中で右往左往する孤独な人間の存在が、簡潔で冷徹な筆致で描かれている。ハリントン氏が、家族や親類、隣人やら会社についてアシェンデンに向かって、立て板に水の如く述べたてる程、かえって（ハリントン氏の）現実的な人間関係が稀薄なものではなかったのか、と錯覚する位に私たちは何やら冷え冷えした気分にならざるを得ない。

ここで、小論の冒頭に挙げたモームの言葉を改めて思い起こしてみたい。「われわれ人間の生は外部の状況に左右されてしまうのだが、死はわれわれ自身の手でどうにでもなる」と、モームは一九〇一年の『作家の手帳』の一項に記していた。「サナトリウム」の登場人物は、「生」を慈しむことによって、「死」を自分のものにするが、ハリントン氏の場合はどうであろうか。結果的には、あのような「犬死」を自ら選んだと言えなくもないだろう。

実はモームの死生観はもうひと捻りした形で、ハリントン氏のドラマに示されているように思う。もちろん、ハリントン氏も並の人間のように死への恐怖心を持っているにせよ、それを具体的なものとして意識し得ずに、洗濯屋に行こうとする。その行動のモチーフは、英雄的な人物が示す勇気とは違って、ある意味で利己的なもので、唯、自己の日常生活をいかなる状況下にあっても絶対変えないといった頑固さに由来している。アシェンデンは、こうしたハリントン氏の行動様式を、その昔アナスターシアの食習慣を理解し得なかったように、理解出来ずにいる。しかしそうした頑固さを、アシェンデンは必ずしも愚鈍なものだとは思っていまい。彼と同じように読者もまた、ハリントン氏の言動に唯、唖然とするが、愚鈍なものとは思っていないだろう。

　ロシアの国内情勢が悪化をたどりつつある時、「ハリントンがこうした大混乱の最中でも、その他のことに無関心で歩き回っている様子を眺めて、アシェンデンは面白がった。歴史が作られつつあったのに、ハリントン氏は自分の仕事（臨時政府との取引＝引用者註）にしか関心が向いていなかったのである」[22]（「ハリントン氏の洗濯物」）。臨時政府の崩壊によって、苦労が水泡に帰した後でも、彼は自分の洗濯物を手に入れるまではロシアを出ない、と言い張るのであった。

4–2 モームの写真 1930年代初期

　その結果生ずるハリントン氏の破滅は一面、モームの人生絵模様論の基準からすれば、明らかに失格の範疇に入るであろう。だが作者モームは作中人物のアシェンデンと違って、ハリントン氏の人生を必ずしも訳の分らないものとは思っていない。確かに彼の死は誰がみても不条理で無意味なものであるかも知れないが、それも人間の一つの生き方の結果なのではないだろうか、と。その意味で、ハリントン氏の「洗濯物」は、やはりこの男の人生にとって実に重い象徴的意味を担っていたのだと思うしかない。

モームはここで、英雄的で気高い人間の生死を語るのではなく、――もっとも、路上で乱暴されかかっていた老女をハリントン氏が救って、同行していたアナスターシアを感激させる場面も用意されているのだが――俗物とも言える一人の男の卑近で不様な生死を描くことによって、自己の生活スタイルに固執しすぎる人間の末路の有りようを読者に示そうとしている。それがその人間に意識されていようといまいと、一つの行動原理(プリンシプル)に支配されているらしい人物に結局、モームは最も興味を惹かれたのではないだろうか。振り返ってみて、一種の喜劇的な作品展開の中で、突如として中心人物の一人の死によって、その幕が閉じられるところに、この世界の実相を冷厳に凝視するモームの眼差しを感じ取ることが出来よう。[23]

一方、「サナトリウム」の作中人物の生と死との描き方には、ある種ヒロイックで崇高な気分が満ちている。「ハリントン氏の洗濯物」の最終場面が瞬間、読者の虚をつくような形で展開して幕を閉じるのと比べて、「サナトリウム」では、前半で拡散していた物語が終幕に至って巧みに収斂するというパターンになっている。ここで描かれる人物は、ほとんどすべてに作者の共感と深い同情が寄せられているのは明らかなのであるが、モームの作品にしては幾分感傷的な姿勢が目立ち、その分、小説そのものの訴える力が弱まっている。モームの本領は、人間の高尚な性質を高尚なものとして提示することではなく、それを描くにしても、高貴さと卑俗さを（ハリントン氏のように）併せ持つところにこそ人間の本質がある、とする見方にしばしば力点が置かれる。

ところが、「サナトリウム」では、そうした辛口の人間観が少し消え失せて、より通俗的でメロドラマ的な死生観が顔を出すようになっている。これが果たして、作家としてモームが老年期に入ったことと具体的に関連を持つのかどうかの推測は避けたいと思うが、少なくとも、前述したように、「ハリントン氏の洗濯物」の方にこそモームの真骨頂が見出されよう。何故なら、モームはこの作品において、死に至る人間の行動様式を「サナトリウム」とは逆に、より具象的に、より日常的に、より喜劇的に、さらにより皮肉を込めて描くことで、彼の捉えた人生の真実を浮かびあがらせることに成功していると思われるからである。

別の言葉で言えば、「歴史」や「観念」などよりも、「現象」とか眼前の「卑小」な出来事、事柄の方に、又抽象的存在としての人間ではなく、具体的存在としての人間の方にモームは一層の関心を持っているために、そうではないことを書こうとした「サナトリウム」では作者の理想としての死生観が妙に浮き上ってしまい、物語が言葉巧みに語られているだけの印象を与える。ハリントン氏は「些細な現象」に気を取られて命を失い、テンプルトンは「永遠」のために現し世の命を投げ出す。モームは、執筆時期の異なるアシェンデンを扱った作品のモチーフとして、こうした一見相反する死をめぐる問題を提示した。実はそこに、生涯にわたって人間モームの抱え込んでいた矛盾の表われをみることも許されるのではないだろうか。

註

（1）Maugham, *A Writer's Notebook* (London: Pan Books, 1978), pp.68–69

（2）「サナトリウム」は、『環境の産物』（一九四七年）という短篇集中の一篇であるが、その初出の雑誌掲載年や正確な執筆年代は不明である。同書の著書序文によると、収録作品のほとんどは第二次大戦後に執筆されたとある。一方、その後の調査によると、収録作の大半は一九三四年から四七年に書かれたということが、現在明らかにされている（後述）。ともあれ、少なくとも『アシェンデン』（一九二八年）の公刊後、モームは自身の体験と共に、ある程度このスパイ物語の主人公の性格に触発されて、「サナトリウム」を執筆したものと思われる。

Maugham, 'The Author Excuses Himself', *Creatures of Circumstance*, 1947; rpt. London: Heinemann, 1980, pp. 1–2.
朱牟田夏雄（編）『20世紀英米文学案内・サマセット・モーム』研究社出版、一九六六年。
高見幸郎（著・訳）『講座・イギリス文学作品論12・サマセット・モーム』英潮社出版、一九七七年。

（3）『お菓子とビール』の中に、スパイとは無関係のウィリー・アシェンデンという名の語り手／主人公（観察者）が登場する。だが『アシェンデン』、「サナトリウム」の同名の主人公同様、彼も作者モームの人生観・世界観を多分に反映しているようである。

（4）Maugham, *The Summing Up* (Harmondsworth: Penguin Books, 1963), pp. 129–32. Ted Morgan, *Maugham* (New York: Simon and Shuster, 1980), pp. 199, 201, 204–7.

（5）Maugham, pp. 225–32.

（6）Maugham, 'Preface', *Collected Short Stories* III (1963; rpt. London: Heinemann, 1962), p. 157.

（7）*The Summing Up*, pp. 133–34.

（8）*Ashenden* (1928; rpt.London: Heinemann,1976), p. 3.

（9）*Ashenden*, p. 216.

（10）*Ashenden*, pp. 214–15.

（11）Richard Cordell, *Somerset Maugham* (1961; rpt. London: Heinemann, 1962), p. 157.

（12）*Ashenden*, p. 232.

（13）*Ashenden*, p. 223.

（14）Maugham, *Collected Short Stories* III, p. 7.

（15）*Ashenden*, p. 243.

（16）*Ashenden*, p. 243.

（17）*Ashenden*, p. 247.

（18）*Ashenden*,p. 80.

（19）Maugham, *Creatures of Circumstance*, p. 110.

（20）*Creatures of Circumstance*, p. 111.

（21）*The Summing Up*, p. 34.『要約すると』中村能三訳（『W・サマセット・モーム全集』第二五巻、新潮社、一九五六年）を参考にさせていただいたが、引用の日本語は拙訳である。

（22）*Ashenden*, p. 234.

（23）「恋とロシア文学」で、アシェンデンは炒り卵をとることがよいのかどうかをアナスターシアと言い争うが、その時彼女は'principle of the thing,'という言葉を持ち出して男を黙らせる。そこで使われる意味と少し異なるが、確かにアシェンデンには不可解としか見えぬ「行動原理（プリンシプル）」のようなものが、ハリントン氏とアナスターシアの中にあるようである。*Ashenden*, p. 229.

本考察は、大神田丈二、太田雅孝、津久井良充編『読みの軌跡——英米文学試論集』（弓書房、一九八八年一一月三〇日）に発表したものに若干の改訂加筆を施したものである。

第五章 『お菓子とビール』

一流女性ファッション誌に掲載された作品のアイロニー

I モームの職人的作法の成果

『お菓子とビール』(*Cakes and Ale*, 1930)[1]は一見すると、物語の構成、時間の配分は一八世紀以来の古い文学的伝統に従っているが、『人間の絆』を除き、名声を後世に伝える第一の作品として挙げることは衆目の一致するところだろう。[2]発表時期は、ヴァージニア・ウルフらの意識の流れといった実験的作品が二〇世紀の新しい文学だとして話題をよんでいた頃である。モームは本作で、過去と現在を複雑に交錯させながら、実は一八世紀以来のヘンリー・フィールディングやローレンス・スターン流のイギリス小説の伝統を思わせる脱線的長談義をしばしば挿入している。そしてストーリー・テラーとしての卓越した技量をここで発揮してみせる。面白いのは、流行の新しい文学だとみせながら、彼自身の世界観を最先端のファッション雑誌の小説欄に連載という形で結実させていることだ。『ハーパーズ・バザー』[3]誌という比較的余裕のある中産階層の女性読者を持つアメリカのメディアに本作が連載されたからである。ちなみに、モームは後年自身の八〇歳の誕生日にあわせて

5–1『ハーパーズ・バザー』表紙
1930年 2月号

豪華記念版を出すほど、一番の気に入りの作品だったようだ。

では先ず作品の概要を、その特異な構成と関連させて説明してみよう。この物語全体の内容は、ウィリー（ウィリアム）・アシェンデン(4)という五〇代半ばの小説家によって語られる。これはモームが得意とする一人称形式による小説で、(5)読者は、語り手／アシェンデンの見聞する範囲内の出来事を作中で知らされることになる。モームの小説では、一般に、語り手の「わたし」が作中の事件に直接関わり、他の登場人物に影響を与えるような役割を持たされたり、作中の「わたし」が、傍観者以上の何らかの重要な役割を果したりすることは、余り多くない。

ところが『お菓子とビール』における「わたし」は、事件の展開に幾分か積極的に加わる姿勢をみせている。少なくともアシェンデンは、モームの他の一人称形式の作品（特に短篇）における単なる傍観者と違って、もう少しヒーロー的な要素があることは確かであろう。このような語り手が、読者のすぐ近くにいて、親しげに語りかけるのである。

物語は、「現在」進行中の出来事の中に何度か、アシェンデンの少年期及び青年期の思い出話が挿入されて展開する。「現在」の物語は、次のようにして始まる。彼は留守中に、世間的には大成功している大衆小説家オルロイ・キア(6)から電話があったと知らされる。キアは、最近物故した「イギリス文学の老大家」エドワード・ドリッフィールド[7]の夫人（エイミー）から、夫の「決定版」伝記の執筆を依頼されたばかりである。だが、無名の頃のドリッフィールドや彼の最初の妻であったロウジーのことについて知る人間が今はもういないらしいのだ。そこでその頃を知る同郷のアシェンデンに白羽の矢が立ち、彼らに関して何か記憶にあることを話すように求められるのである。キアたちの考える「真実」のドリッフィールド伝にとって、都合の悪い事実を知っている可能性のある「わたし」に対して、あらかじめ布石を打っておく必要がある、と彼らが考えたためでもあろう。

　こうした「現在」の物語の合間に語り手は、ほとんど才能がないのに如才なく立ち回って、いつの間にか、文壇の然るべき地位を手に入れたキアの性格や、有閑上流夫人たちの奇癖、社交界に出入りする人々の虚栄、気取り、偽善などを皮肉な筆致で槍玉にあげるのだ。物語とは一見関係のない長口説も、『お菓子とビール』の語り手の得意とするところである。誰もがここで、フィールディングの小説にみられる、本筋とは余り関連のないエッセイ風の饒舌な文章を思い出すことであろう。

5–2 同誌「お菓子とビール」連載第1回挿絵（冒頭）

　『お菓子とビール』の「現在」の物語はまた、しばしば語り手アシェンデンの過去の記憶をよびおこすきっかけとなっている。彼の記憶は、「現在」の地点にいるアシェンデンの動きに触発され、語られていくのである。ここで「現在」から「過去」へと物語が移っていく例を挙げてみたい。

ロンドンの街々の遠いざわめき……それは果して実際に聞えてきたものか、それともわたしの想像であったのか、その辺のところは定かではない。それに晴れた日の六月の日の美しさ……それがわたしのうつつなきもの思いに快い刺激を与えた。眼前を去来する過去の姿は現実性を失ったらしく、まるで芝居の一場面を見ているようであり、わたしは自身は暗い大衆席の後ろの列に坐っているようであった。しかしその姿は大体においてはっきりしているといってよかった……。ヴィクトリア朝中期の克明な画家の描いた油絵の風景画のように、くっきりと、線が確かであった。（三章、三二頁）(8)

このように作者のモームは、これから語られる物語の序論となるべき個所で、語り手に、「現在」の出来事と同様に回想部分も信用のおける内容であることを保証させるのである。こうした準備がなされた後で、物語はアシェンデンの故郷ケント州ブラックスタブルの少年時代の思い出に無理なく入っていくことが出来るのだ。

さらに四章では、「現在」に戻った語り手がドリッフィールド夫人からの招待状を受けとる場面となる。その手紙の中に、彼がドリッフィールドの生前に一度屋敷を訪ねた件が触れられていることから、「わたし」の回想は、彼の亡くなる六年前に文学好きの有閑夫人らと屋敷を訪れた場面へと変る。その時の食卓で、老ドリッフィールドはアシェンデンにその昔、自転車の乗り方を教えていた思い出を口にする。これが一つの連想を生み出す小道具となって、第五章では「わたし」が故郷でドリッフィールドたちと交際するきっかけになる話へと続くのである。

要するに語り手の回想は、主に「現在」の動きに直接関わっていくというスタイルを取っていて、『月と六ペンス』における、「過去」の事件がほぼ終った段階で、語り手がチャールズ・ストリックランドに関する回想を語る基本構造とは少し趣きを異にしている。『お菓子とビール』では、「現在」と「過去」の二つの物語の展開、交錯に対する興味を巧みに、読者に持続させることになるのだ。

さて、語り手としてのアシェンデンが最初に回想するのは、一九世紀末頃の彼の故郷の村の話である。伯父夫妻やこの村の紳士階級に属するお上品な人々はヴィクトリア朝の因襲的道徳の信奉者たちであった。牧師館で育てられてきた一五歳の少年アシェンデンも意味は分らぬままに、そうした道徳規範に縛られていて、最初の内は、卑しい階級の出身で文士などといういかがわしい仕事をしているドリッフィールドや、女給の経験のあるロウジーなどを色眼鏡で見ていたことも無理からぬことであった。

5–3 同誌「お菓子とビール」
連載第１回挿絵
語り手の故郷ブラックスタブルのメイン・ストリート

しかし少年は、何やらいいようのない魅力に捉えられ、伯父夫妻の目を掠めて、ドリッフィールドたちとの交際を深めていく。アシェンデンにとっての驚きは、彼らが既成道徳や階級にとらわれずに誰とでも親しい口をきくという態度である。そうした自然な振舞いは、この村のお上品な人々にとってもショックだった筈である。彼は特に、ロウジー（三〇歳位）の存在が一層魅力的な存在に思えた。自転車の練習を終えた後のロウジーの描写が次にある。

彼女の態度には気の置けない明朗さがあって、それが人々の気持を楽にするのだった。彼女がむきになって話す様子には、ちょっと子供が元気いっぱいにはしゃぎまわるといったところがあり、眼はいつものあのうっとりするような微笑で輝いていた。わたしはなぜだか知らないが、その微笑が好きだった。……彼女の微笑はおよそ無邪気だった。むしろ茶目といったほうが当るかもしれない。（五章、五九頁）

ロウジーは実は、この村の石炭商ジョージ・ケンプという陽気な男とも何か関係があるらしく、人生に未だ目覚めぬ少年は当惑するばかりであった。

しかしある日突然ドリッフィールド夫妻は借金を踏み倒して、夜逃げ同然にこの村をひき払ってしまう。それから数年後、少年は成長してロンドンで医学生になっており、そこでロウジーと再会することになる。文名が少しずつ上がっていたドリッフィールドの家には常に文士や芸術家らが集まって来る。アシェンデンもその家のメンバーとなり、さらに他のメンバーの何人かと同じように、ロウジーとの交際を楽しむようになる。そうしたある夜、彼は遂にロウジーと関係をもってしまうのだ。ところが彼女は他にも男がいるらしいのである。その点をアシェンデンがなじると、ロウジーは次のように答える。

「……いらいらしたり、やきもちを焼いたりするのはお馬鹿さんよ。あなたはあなたで楽しければ、それでいいじゃないの。楽しめるときに楽しんでおくものよ。百歳まで生きるわけのものじゃなし。死んでしまえばそれまでじゃありませんか。今のうちにせいぜいおもしろく遊ぶことよ」

彼女はわたしの首に腕をまわして、唇をわたしの唇に押しつけた。わたしは怒りを忘れた。ただ彼女の美しさと、彼女の持つやわらかい雰囲気の中に溺れた。「あたしはこういう女なのよ、わかったわね」と彼女は囁いた。「わかった」とわたしはいった。（一六章、一八四頁）

こうしてアシェンデンは、ロウジーの情人としての生活を続けることになる。ロウジーのそうした考え方には、作者モームの肯定する人生観が反映しているのではないだろうか。

その内に、再びアシェンデンを驚かすことが起こる。ロウジーが夫を棄てて、ジョージ・ケンプとイギリスを出国した、という知らせが入るのだ。周囲の人々は呆気にとられ、アシェンデンもプライドを傷つけられ、ロウジーを腹立たしく思う。だがそれからのドリッフィールドは、その頃、有望な文学者の後援者として、文壇、社交界に君臨していたバートン・トラッフォード夫人の引き立てもあって、「文豪」の地位に一歩一歩近づいていく。さらに、彼は病中に知りあった看護師エイミーと結婚し、晩年は「イギリス文学の老大家」として、その生涯を閉じることになるのだ。もっともその間、皮肉なことに、彼の小説は一作ごとに無内容なものになっていくことが示されている。

さて、「現在」の物語の行方を追ってみよう。ドリッフィールド夫人からの招待で、アシェンデンはキアを伴って、ドリッフィールドの故郷ファーン・コートの屋敷に行かざるをえなくなる。そして夫人と再会する前に、彼は今まで自身の回想の中にだけ出てきた故郷のブラックスタブルを約三〇年ぶりに再訪する。やがて夫人宅で、アシェンデン自身が「決定版」の伝記執筆の上での協力を求められた後、自分のホテルに戻る途中で次のような驚くべき感概を読者に披露するのである。ここで小説はすでに、最終章に入っている。

わたしはもしその気にさえなれは、恐ろしい爆弾を叩きつけることも出来るのだと考えて、おかしかった。エドワード・ドリッフィールドと彼の最初の結婚について彼らが知りたがっていることを、彼らに話すことの出来る人間がたった一人いる。しかしこの事実はわたしはどこまでも自分一人にしまっておこうと考えていた。彼らはロウジーが死んだと思っていたが、それは誤りであった。ロウジーはぴんぴんしているのだった。（二六章、二二九頁）

そしてそこから突然、話はアシェンデンが芝居の演出のために、ニューヨークに出かけた時の場面に切りかわる。彼はその近郊で、七〇歳になった「ぴんぴんしている」ロウジーに再会することになるのである。彼女の裕福そうなマンションで二人は往時を回想する。ロウジーは老いていた。あの若々しいかつてのロウジーはそこにはいない。しかし、素晴らしい微笑と華やいだ雰囲気、その開放的な性格は相変らずだった。ジョージ・ケンプの破産に同情したロウジーが夫エドワードを棄てて、アメリカへ来たこと、ケンプが亡くなったその後も人生を謳歌している様子などがここで語られるのだ。

そこで特に印象的なのは、ドリッフィールドの小説『生命の杯』の執筆の経緯についてロウジーが語る件りである。この小説に関しては、すでに前の回想場面（第一八章）で言及されていた。ロウジーによると、作中の出来事の重要な点は、実際に起きたことだという。その小説では、ある貧しい夫婦の子供が死んだ夜の、二人の絶望的な心境がリアルに描かれている（という）。妻の方はその夜に夫といることに耐えられず、家を出て、行きずりの男に身をまかせてしまう。こうした場面の悲惨さ、不道徳な描写は当時の読者や批評家を憤激させた、ということが『お菓子とビール』の一八章で述べられていた部分である。

実際は、ロウジーも、彼らの六歳になる娘が亡くなった夜に家をあけ、前からドリッフィールド家に出入りし、親しくしていたハリー・レットフォードと一夜をともにしてしまうのだ。語り手がここで示唆しているのは、ロウジーが夫を愛することが出来なくなったということでは決してなく、その出来事がロウジーにとって如何に衝撃的であったのか、ということだと思う。夫も妻の不貞には気付いたが、結局そうした苦悩を心に秘めたままにしていた。だがそれから彼は、小説『生命の杯』を書きあげることで、辛うじて心の平衡を取り戻したというのだ。その後、物語は老いたロウジーの現在に戻る。そうした暗い話をした後で、男友だちからの電話に対応するロウジーの声は、すでに昔の陽気さを取り戻していた。

以上が、『お菓子とビール』の一応のアウトラインといえよう。本稿でこれから問題にするのは、この作品の最終章の部分が作品全体に与える特異な効果は何か、ということである。構成・内容を検討する上で、重要な点が幾つか示されているように思われるからである。

Ⅱ　最終章の問題点

小説『お菓子とビール』が、年代記風三人称小説の『人間の絆』と決定的に違う点は、ここでは「時間」の

5–4 モームの故郷ウィスブルのメイン・ストリート 1890年頃

処理が一層複雑になっている、ということである。それにもかかわらず、「現在」の場面に割り込むような形で、何度か「過去」の出来事が回顧される特異なスタイルに、読者はいつの間にか違和感を覚えなくなってしまうとすれば、それはひとえに、作者の手際のよさに帰せられるべきであろう。

例えば、ロウジーが石炭商ケンプと一緒にイギリスを離れたらしい、ということが一九章の語り手の回想の中で語られてからは、しばらく彼女の噂はぷっつり途絶えてしまう。それから物語は「現在」に戻って、アシエンデンがキアと、エイミーの邸宅を訪問する前日に、久しぶりに故郷のブラックスタブルの土を踏んで、そこのホテルにある酒場の親父から、何気なくロウジーの死んだ噂を聞かされる場面になる。さらに読者は、第二五章でエイミーの口からも、ロウジーが一〇年前に亡くなったことを告げられるのだ。だがその噂は間違いであったことが、次の章の冒頭で明らかにされるのは、すでに記した通りである。

しかし、それから後に続く物語も今までのように、作者モームの手際のよい語り口にのせられて、そのまま「現在」の出来事として読むとするならば、少し妙なことになるのである。ニューヨークの郊外で、ロウジーとブラックスタブルの昔話をしている最中に、アシェンデンが「僕もあそこ（ブラックスタブル）へは三〇年間もご無沙汰です」（二六章、二三四頁）と語る個所があるからだ。これは要するに、物語の「現在」の場面は、アシェンデンがすでにブラックスタブルを訪問している地点にまできてしまっていることを考えるならば、この部分（二六章の大半）も回想の一場面であること、ただし、それは「現在」に比較的近い「過去」の出来事を表わしている、ということになろう。ここで、実際は、二六章冒頭の、前に引用した個所で「現在」の物語が停止していたことを確認しておきたい。

だが、そうした説明はつくものの、ロウジーの個人的運命に関心を向けている読者は、二六章の物語上での時間的経過を見過ごしたまま、この部分を、未亡人宅を辞去したアシェンデンのその後の物語として読んでしまうのも無理からぬところかもしれない。それだけ、巧みに作者はこの章の冒頭の場面を、特に読者の注意をひきそうな言葉を使わずに、一見無造作にニューヨーク郊外の場面の「時間」に融合させてしまっている。

一般に、結末場面に苦心するのはどの小説家も同じであろうが、モームほどよい意味でも悪い意味でも、読者の意表をつくことを狙って、その構成に苦慮する作家は珍しい。ほとんどどの作品をとっても、物語は結末に向って必然的な筋立てと、それに相応しい登場人物が用意されているが、それでいてその結末は読者の意表をつかないではいられないように、周到な計算がなされている。

『お菓子とビール』ではその点、どうであろうか。この最終章の問題については、二つのポイントが考えられよう。一つは、語り手が、ロウジーの健在ぶりを最後になって、読者にだけ打ち明けることについてである。二番目の点は、小説『生命の杯』の内幕話を通して、初めてロウジーの「陰」の一面が明らかにされる、ということだ。これらのロウジーに関する二つのポイントは、『お菓子とビール』の基本構造と密接に関連しているものと思われる。実際これらは唐突に、物語の最後の段階で出てきた訳ではないのである。

先ず、老いたロウジーの再登場についての伏線はすでに、ドリッフィールドの、世に知られていない時代の話をアシェンデンにさせようとやっきとなっているキアやエイミーたちとの会話の中に、それとなく示されていたのだった。

ロイとドリッフィールド夫人とはわたしの思い出話を聞き出そうとしていて、巧みな質問をわたしに浴びせようとしていた。わたしはわたしでしっかり気をひきしめて、わたしがこれだけは絶対に口外すまいと決心していた事柄を、うっかりしゃべらないように用心しようとしていた。（二四章、二一八頁）

アシェンデンが「絶対に口外すまいと決心していた事柄」は、実はロウジーと彼女にまつわる事柄であることが後で判明する。すなわち、作者はここで、語り手がこの時点で最後に（読者に）明らかにする事実（ロウジーが生きていたこと等）を心の奥に秘していた、ということを読者に示唆していることになる。

前に少し触れたように、もう一つのポイントについての伏線も、すでに用意されていたのである。『生命の杯』についての言及は、アシェンデンのロンドンでの医学生時代の回想に盛り込まれている。「あの中で子供が死ぬ場面のもの凄さ、痛ましさ。しかもそれが少しも水っぽくない。甘くない。それから続いて起る不思議な事件。あの辺は読んだならちょっと忘れかねるだろうと思う」（一八章、一八六頁）という感想を語り手はそこで語っている。だが語り手はそれ以上の具体的な説明を加えようとしないで、その回想を終えるのである。こうしたことから読者が理解するのは、晩年のドリッフィールドが丁度、彼の自宅で久しぶりに出会ったアシエンデン（「現在」の場面の六年前の出来事である）に一瞬のウインクを送ったように、作者のモームは語り手に、こうした二つの場面（伏線）を通して、ある種の信号を送らせたのではあるまいか。

Ⅲ　ロウジーの真の人間像とは？

『お菓子とビール』の最終章は内容的にも、作者モームの真意を誤解しかねないような部分であろう。特にロウジーの再登場については、一考を要する問題が含まれている。語り手を通して、ロウジーはモームの好ましい女性像として描かれているのは確かなことだと思う。[9] 実際、キアやエイミーたちが、ロウジーの真の姿を捉えられず、さかんに悪口を述べたてるほどに、彼女はそうした中傷・批難に値する女性でないこと、好色でも何でもなく、天衣無縫な自然児にすぎないこと等を、読者はますます確信するようになるのである。

最終章で、ヴィクトリア朝末期とエドワード朝に生きていたロウジーが一気に数十年という時間をとび越えて、「現在」の物語に近い回想の中で未亡人として再登場することはすでに述べた。この章は、事実、作品の本体に付加された単なるエピローグとはとても思えないほどのリアリティを帯びている。しばしば、辛辣な女性観を様々な作品で披露しているモームを知る人は、ロウジーのこの「変身」をいつものモーム像の延長に考えて、どんなにモームにとって気になる女性であっても、ちょっとした皮肉な言辞を吐かなければ気のすまない性格がよく出ている、と見なすかもしれない。しかし、まさかロウジーのモデルとされている女優に、かつてモーム自身がプロポーズを拒否された経緯があるので、[10] その折の怨みを自作の中ではらした訳でもあるまいと思う。

筆者には、老いたロウジーの肉体的な変化と俗悪な趣味（家具等について）を目のあたりにするアシェンデンの語る話の中に、そうした底意地の悪い皮肉な観察をするモームを見出すことが出来ない。そこに、モームの女性を見る皮肉な視線よりも、作者自身の気質の反映を見る思いがするのである。つくづくモームは、ロマン的な性向に欠けた作家だと思う。ロマン的傾向とは逆に、人生からあらゆる夾雑物をとり去ったところで、人間の真実の姿を見ようとするモームの姿勢がこの作品でも濃厚に表われているようなのだ。

実はこうしたリアルな人間観が、ロウジーの老年の姿に反映しているにすぎないので、わたしはあえてこれを、作者のことさらの嫌味な観察結果であると受けとる気にはならないのである。ロバート・コールダーも指摘するように、モームはただ、ロウジーでさえ老いは免れないという冷厳な現実を読者に語っているにすぎないのだ。(11) だがおそらくは、モームの真の意図ではなかったにせよ、このようなロウジーの再登場の仕方が、多くの読者を戸惑わせたのは事実であり、作品の意味を幾分、曖昧にしてしまっていることも否めない。

さて、今まで、作品全体の動きが最終章で収斂されているという仮定に立って議論を進めてきたのだが、この章が小説全体にとって重要な意味があるというのはこうなのだ。それはロウジーの外見の変化とか、一人娘を喪った時の悲しみに耐えると言う理由で夫以外の人間と関係を持つとかの事情が、ここで初めて読者に明かされるというような外面的な事実の認識だけではないのだ。注目すべきは、作中の「わたし」が、物語の「現在」の出発点から、すでに述べてきたような事実を知っている立場にありながら、ついに最終章にいたるまで、真実を明らかにしなかったことだろう。そのために、そこですべての事実を目の前にした読者は、それ以前の個所が、たちまちアイロニーをおびて眺められるようになるのに気づくのである。

例えば、正式の「上品な」伝記を世に出すために、未亡人やキアたちは、ドリッフィールドの若い頃の人に知られたくないみっともない体験やロウジーとの一件を知っているはずのアシェンデンから、その頃の話を聞き出すという名目で、彼の口をそれとなく塞いでしまおうという魂胆があった。そうしたキアたちの苦心惨憺たる言動が、それだけの描写で終っていたとしても、滑稽で皮肉がきいているのに、最終章での「全容の解明」によって、さらに強烈な諷刺の効果がそれらの描写に表われることになるのではないか。本当の生き証人であるロウジーはすでにいないことを確信しているエイミー・ドリッフィールド未亡人の言葉を、何気ない顔で聞き、報告している語り手としてのアシェンデンの巧みな語り方はまさに一驚に値しよう。また語り手は、ロウジーの死を酒場の親父とエイミーの口から単に報告させているにすぎなくて、その時のアシェンデンの反応は全く記録されていないのである。その素っ気なさは普段の語り手の饒舌ぶりと比べて、著しく対照的である。語り手のとぼけぶりも見事としかいいようがない。

一八章でふれられていた『生命の杯』についても、語り手は似たような手口を披露していた。その小説に対する世間の猛然として沸き上がった道徳的批難に対してドリッフィールドが「馬鹿馬鹿しいにも程があるよ。あれは真実だよ」（一八章、八七頁）と平然と語る件りがある。これなども最後の部分と照してみるとアイロニカルな表現と言わざるをえない。彼自身のいう「真実」とは、芸術的真実＝虚の世界の出来事などではなく、文字通りの事実であることが判明するからである。ここでも語り手は、一八章の時点ではドリッフィールドの発言に何のコメントを加えずに、単に報告するだけで済ませていたことに改めて注目しておきたい。このように考えてくると、この小説の最終章は、読者に与える心理的効果の面で非常に大きな役割を果していることがはっきりするだろう。

そうだとすると、語り手は作者モームの完全な分身となって、皮肉な効果が作品上に幾重にも表われるように、物語を語る工夫を凝らしているように思われるかもしれない。しかし、語り手＝モームであることを余りにも自明の理として、その関係に何の考慮も払わないという態度も、この小説の読み方として若干の問題があろう。(12) この物語は一見、モームのような諷刺的気質の語り手が一方的に、その諷刺の対象に斬り込むだけの印象を与えるが、実際、モームは、この語り手／アシェンデンをも突き放して、他の作中人物と同じ平面において、眺めていると考えられるのではないか。つまり、そこでは語り手／アシェンデンも観察される対象になっているからある。(13)

ここで、アシェンデンが晩年のドリッフィールドの家を訪問する場面を挙げてみよう。同伴したホッドマーシュ夫人たちに、エイミーが自慢気に夫の書斎の年代物の文机を示すところだ。

> われわれは口を揃えて机を褒めた。ホッドマーシュ夫人は誰も見てないすきに、本物かどうかを調べようと思ったのだろう。指で下の縁をこすった。(四章、五一頁)

ところが彼女は「わたし」に見られてしまうのだ。こうした貴族夫人の奇癖を観察し、面白がっているのは一人アシェンデンだけではなく、作者のモームも同じであろう。だが、これから挙げる例は、似ているようで少し意味が違うのである。その六年後の「現在」の場面で、アシェンデンが再度、（すでに亡くなっている）ドリッフィールドの書斎を案内された時のエピソードである。それは、故人が生前よく「わたし」の著作を読んでいたと述べる未亡人の言葉を、彼が外交辞令だと推測する場面だ。

それで、なにげなしにその一冊（アシェンデンの著作―引用者）をとりだして、上のところを指でなでて、挨をかぶっているかどうかを確かめた。挨はなかった。つぎにわたしは別の書物をとりだした。シャーロット・ブロンテのものだった。そしてごく自然な会話をしながら、同じ実験を試みた。ところが、これにも挨はなかった。わたしは結局ドリッフィールド夫人は家事のとりまわしが非常に上手で、使っている女中は非常に良心的だということを知っただけであった。（二四章、二一七頁）

この「良心的」という言葉には、明らかに毒を含んだ意味が含まれているのだが、それ以上に、第四章の引用個所と比べてみると、興味深い点がここで指摘されると思う。同じような行為をして咎められたのが、前回ではホッドマーシュ夫人であったのに、今度はアシェンデンの行為も、作者のモームによって皮肉られていることになるからだ。

なぜなら、作者は、語り手に未亡人の「抜かり無さ」を批判させているだけではなく、間接的に、本の「挨」を念入りに調べるアシェンデンの行為の滑稽さをも、返す刀で斬っている、というような離れ技をやっているからである。こうした、人間の行動原理の不可解さに作者の目は向いているのだ。これは、物語の初めの方で、因襲的な人間観によって、ロウジーたちを観察していた初心(うぶ)な少年アシェンデンが「現在」の中年の語り手によって、明らかに諷刺的に扱われている場合とは根本的に意味が違っている。

しかし、「挨」を一々調べたことを報告する語り手は、相手の俗物性を暴露はするが、自己の行為の滑稽さ、愚かさにまでは気が付かないようである。この世のしがらみや野心から自由なハドスン夫人（アシェンデンが医学生の頃のロンドンの下宿屋の女将）の言葉に思わず胸を熱くし、ロウジーの性格の真のよさを熱心にキアやエイミーに説くアシェンデンに、こうした卑俗な一面が秘められていることを、ここで作者は示している。またここには、それほど真剣な意図はないかもしれないが、作者の分身とも思われていた語り手を、他の作中人物同様に俎上にのせることでほくそ笑んでいるモームのある種の遊び心を見出すことも出来るかもしれない。

Ⅳ　結末部の皮肉

さて、今まで論じてきたように、ある枠内においてであるが、モームは凝った「遊び」を構成面や登場人物の言動を通して行なっている。構成では、語り手による物語の「現在」と「過去」の時間の交流の面で、また作中人物の一人として考えられる語り手が読者に巧妙に仕掛けた幾つかの罠がそれに相当しよう。こうした点を参考にしながら、最後に、モームの半自伝的小説『人間の絆』の特色の一面を思い出して、『お菓子とビール』の問題を整理してみたい。

主人公フィリップ・ケアリは『人間の絆』が三人称形式なので、客観的に描写されているようにみえるが、

5–5 モームの写真 1920年代末

作者のモームは、フィリップとかなりの程度に一体となって、感情、思想の表現をしているのである。一方、一人称形式の『お菓子とビール』の語り手ウィリー・アシェンデンは一見してモームその人であるかのような描き方であるが、モームは他の人物を諷刺し、からかったりするように、語り手に対しても冷静な目配りを与えているのである。まことに皮肉な現象ではあるまいか。フィリップ・ケアリの生き方考え方には、三〇代後半の作者の苦い思い入れがほぼ生の形で投影されているのに対し、『お菓子とビール』には、自己の分身として創造したはずのアシェンデンを他者として眺める五〇代半ばのモームの余裕が見られるのだ。

『お菓子とビール』は、ロウジーの物語であると同時に、[14]モームが職業作家としての意地と誇りにかけて、表面上何気無い風を装っているが、自作をいつも通俗扱いする（キアのような人間をのさばらしておく）イギリス文壇の通俗さ、低俗さ加減を徹底的に茶化すことで、溜飲を下げようとした作品でもある。しかしモームは対象（物語）から常に一定の距離をおいているので、ある種の厳しさとか熱情を欠いている反面、読者に押しつけがましいという印象を与えずに、人間性の真実のありようを示唆することに成功している。『人間の絆』の世界にはなかったモームの余裕が、こうした小説を生み出したものと考えられる。

テクスト

Maugham, *Cakes and Ale or the Skelton in the Cupboard*, the Collected Edition (1930; rpt. London: Heinemann, 1974). その他、本章で言及されているモームの他の小説も、同選集版などで読むことが出来る。

注

（1）表題の 'Cakes and Ale' とは、「どんちゃん騒ぎ」とか「人生の快楽」などを意味する言葉である。副題は、「外部には出したくない家庭の秘め事」を意味する。シェイクスピアの『十二夜』などにみられる表現。

（2）Robert Calder, *W. Somerset Maugham and the Quest for Freedom* (London: Heinemann, 1972), p. 199. Ted Morgan, *Maugham* (New York: Simon and Schuster, 1980), pp. 342, 45.

（3）『ハーパーズ・バザー』一八六七年創刊。「ファッションと美容の記事が中心で、専門家にも読まれる。旅行記事や有名人の横顔・インタヴューなどの読物のほか、実用記事にも力を入れている。」（『リーダーズ・プラス』） Nancy A. Walker, *Shaping Our Mothers' World: American Women's Magazines* (Jackson: University Press of Mississippi, 2000), p. 48.

（4）「ウィリー」というのは、もちろん、モーム自身の愛称であり、「アシェンデン」は彼のスパイものの短篇集における中心人物の名前として使われている。後者の由来は、モームの学校時代の級友の名前として使われている。Morgan, pp. 21, 206–207.

（5）『お菓子とビール』の中で、モームは一人称小説の効用を説いている（一六章、一七二—一七三頁）。その他に『モーム短篇全集』第二巻の「序文」に、モームのこの形式に関する言葉がある。Maugham, 'Preface,' *The Complete Short Stories*, II (1951; rpt. London: Heinemann, 1973), pp. vii–viii.

（6）小説家ヒュー・ウォルポール (Hugh Walpole, 1884–1941) をオルロイ・キアのモデルに使ったというので、物議を醸した。モームは、最初そのモデル説を否定したが、後でほぼ認める告白をしている。Morgan, p. 334.

（7）エドワード・ドリッフィールドの人物描写に、トマス・ハーディ (Thomas Hardy, 1840–1928) を思わせるところがあるとして、モームは批判されたが、彼はハーディ＝ドリッフィルールド説を否定している。Maugham, 'Preface,' *Cakes and Ale*, pp. vi–viii.

（8）訳文は、上田勤訳『新潮世界文学／モームⅡ』（新潮社、一九六八年）による。ただし、漢字と仮名遣いなど多少変更したところがある。なお、引用文の末尾にある数字は、原文の章と頁数を示す。以下も同様。

（9）Calder, pp. 192–93, 267–72.

（10）Morgan, pp. 178–79.

（11）Calder, p. 197.

（12）モームは、「話を語っている『わたし』は、それに関係する他の登場人物と同様に、劇中の一人物なのである」と書いている。Maugham, 'Preface,' *The Complete Short Stories*, II, p. viii.

（13）フォレスト・バートは、ウィリー・アシェンデンの役割を三つに分けて考察している。「語り手」としてのアシェンデン、一登場人物としての、つまり人生を体験する人物としてのアシェンデン、そしてモームの分身であるアシェンデンとしてだ。
Forest O. Burt, *W. Somerset Maugham*, Twayne's English Authors Series (Boston: Twayne Publisher's,1985), pp. 126–33.

（14）Calder, p. 197.

本考察は、弘前大学教養部『文化紀要』（第二三号、一九八六年三月）に発表したものに多少の改訂加筆を施したものである。

第六章 モームの作品に見る卑俗な人間たちの反俗性

ニコルズ船長と物知り君の場合

I 『片隅の人生』に登場する名脇役

自伝的エッセイ『サミング・アップ』で、サマセット・モームは、ひとりの人間は「偉大さと卑小さ、美徳と悪徳、気高さと下劣さのごった煮なのだ[1]」と言い切っている。こうした認識がモームの人間観の基本的要素をなしていることは、彼の数々の長短篇作品から窺い知ることが出来よう。

しかし当然のことながら、職業作家としてのモームは、小説とりわけ短篇作品においてこのような人間観を露骨に説明してみせたりはしない。少なくともモームの最上の部類に属する作品においては、作者はまず物語を語り、人物を描くことに全力をあげることになる。逆にモームの真骨頂が、作中人物の具体的な言動を描くことで、彼らの人生の隠された一面を巧みに浮き彫りにすることにあるとすれば、そうした人間たちを見ている作者の意図なり人生観を、主として実作品の中で検討する必要があろう。

本論では、モームが前記のエッセイで語っている人間観を一応参考におきながらも、シニカルであるとか皮肉屋とよばれる彼の独特な人間認識のありようを解明してみたい。実際には、中篇と短篇作品を例にとりつつ、作中人物のプロ意識と言われるものと、彼らの行動様式との対応関係をみることになろう。

最初にここで、モームが五〇代後半に著した『片隅の人生』(*The Narrow Corner*, 1932) におけるニコルズ船長という特異な登場人物に焦点をあててみたい。(2) ニコルズという男はかなりあくの強い性格を持ちながら、決して物語の前面には出て来ず、脇役の地位に甘んじている存在だ。この人物はすでに『月と六ペンス』の後半の二つの章において、マルセイユで貧窮状態にあったチャールズ・ストリックランドに救いの手をさしのべる役割を演じていた。登場場面が少なく、ストリックランドの凄絶な生き方の描写に隠れてしまってはいるが、その人物の俗悪ぶりと共に、そこに漂うユーモラスな雰囲気は、一読して忘れ難いものがあった。『月と六ペンス』で描かれるニコルズは、大酒飲みで、狡賢く、虚言放言癖があり、乱暴な言動が絶えない反面、古女房に頭をおさえられていて、年中胃弱に苦しんでいる、という設定である。

モームは『片隅の人生』の「著者序文」で、『月と六ペンス』の原稿にはニコルズ船長の活躍する場面や台詞が、現在われわれがその完成版で目にするものよりも多くあった、と言っている。校正の最中に、元々の原稿中のニコルズのある台詞が改めて作者の興味をよび起こし、将来別の創作により本格的な形で使える素材だと判断したため、その部分を削ってしまったらしい。実際、『月と六ペンス』でニコルズが得意気に語る筈だった話の内容が、『片隅の人生』で叙述される出来事の基となるのである。

また、『片隅の人生』では、小説の語り手に近い役割を演ずる人物としてサンダーズという医師が登場する。彼は掌編小説集の趣のあるモームの中国旅行記『チャイニーズ・スクリーン』(*On a Chinese Screen*, 1922) の一挿話「見知らぬ人」(`The Stranger') に点描されている男だった。この人物が同じく作者の興味を後々まで保ち、『片隅の人生』に再び姿を現わすのである。サンダーズはイギリス出身だが、表沙汰に出来ない事情のため故国を離れざるをえなくなり、長らく中国で暮らしている。

ヨーロッパを遠く離れて、東洋や南太平洋の地に流れ着いたいわゆる故国喪失者の生態は幾度となく、モームの筆から生み出されている。特にサンダーズの虚無的で傍観者的な姿勢は、他の作品に現われた類似の人物たちと比べても際立っている。なお、『片隅の人生』は前述したように、主にサンダーズの視点から語られるにしても、『月と六ペンス』のような一人称の「私」によって話が進められるわけではないので、サンダーズに対する作者の視線もそれだけ一層皮肉なものになっていることに注目しておきたい。

小説のプロローグは、サンダーズがタカナ島で華商のキム・チングを治療した後、帰国(中国福州)するため、偶然そこで出会ったニコルズ船長に頼んで、定期船が通う島まで乗せてもらうところだ。登場人物は他に、ニコルズがオーストラリアのシドニーから連れて来ている謎の青年フレッド・ブレイクがいる。その後はしばらく、船上の出来事の叙述が続く。一行の船が、作品の中心舞台となるカンダ・メイラ島に寄港した時点で話はすでに全体の三分の一を経過しているが、ここにフレッドと共に他の主要な登場人物が揃い、物語はそれまでのゆったりとした歩みを止め、破局に向かっていく。

ただし、本論の焦点は、その後のカンダ・メイラ島での男女の人間群像の描写にあてられるものではなく、この小説が生み出された要因のひとつと考えられるニコルズという特異な人物にあるので、小説の導入部から三分の一の部分までに見られる彼の描写に詳しくふれたい。事実、その部分にこそニコルズの本質が露わになっているからである。

カンダ・メイラ島に到着する前に、ニコルズ船長一行は、あるオーストラリア船によびとめられる。サンダーズはそこで重病の日本人潜水夫の診断を求められる。夜をその異国船で過ごすうちに、手当も空しく潜水夫は息をひきとる。オーストラリア人船長エイトキンは、暑さのこともあって、遺体を早く処理したがっている。その態度を伝え聞いたニコルズは少し腹をたてた様子で、是非葬式をあげなくてはならない、という。そこでサンダーズは再びニコルズと共にオーストラリア船に向かい、ニコルズが葬式を主宰する。

彼は気を張っていた。背をまっすぐに伸ばし、その小さな狡そうな目は楽しみを待ち受けているかのようにキラキラと輝いていた。医師は、ニコルズが嬉しくてたまらないといった気持ちを抑えている様子を見て、秘かに面白がった。彼が自分の置かれた立場を楽しんでいるのがはっきりと分かった。[3]（七二頁）

こうして儀式が済み、エイトキンに、「牧師でもこれだけのことは出来なかったでしょうな」（七五頁）と労われたニコルズの次の言葉がこの章（一二章）を締めくくる。

「そりゃ気持ちの問題でね。そういう気持ちが大事なんだな。つまるところ何だ、葬式をやっている時だって、あの死人が汚ねえ小男の日本人だとは思ってなかったよ。あいつがたとえ、お前さんでもフレッドでも先生（サンダーズ――引用者註）でも、俺にはみんな同じことなんだな。それが本当のところ、イエス様

の教えってこったろうよ」。（七五頁）

サンダーズは、ニコルズにこうした死者を敬う「気持ち」（'feelin'）があるのを知って、意外に思う。ニコルズという男は、「威厳」（'dignity'）や「上品な」（'decent'）ところなど全くないとか、「あのような低劣であさましい精神の持ち主」（'that low and squalid mind'）（七七頁）といった表現語句からも分かるように、卑劣な無頼漢以外の何者でもなかったからである。しかし、潜水夫を弔おうとするニコルズの「気持ち」は、そうした既成の人間評価とは別の繊細な彼の一面をのぞかせてくれる。

さらに次の場面になって、サンダーズははからずもこの船長の豪胆な面にも驚嘆することになる。元来、ニコルズという男を行動に駆り立てる唯一の動機は、「不正な手段によって、仲間を出し抜きたいという欲求（七七頁）なのではないか、とサンダーズは思っていた。ところが彼らの船をモンスーンが直撃し、いつもは冷静なサンダーズでさえその恐ろしさに身をすくめる一方で、船長（と乗組員）だけは違っていたのである。

そうした欲求は、悪の情熱とよべる代物でさえない。もしそうであれば、そこに気宇広大な邪悪さといったものがある筈ではないか。ところがそれは、他人を出し抜いて後で舌を出す類の子供っぽい悪戯の表われにすぎないのだ。だがそれにもかかわらず、今この荒狂う広大な、われわれ以外には誰ひとりとしていない大海原の上の小さな帆船にあって——破局が来るとすれば十にひとつも助かる見込みのない——そういう状況にあっても、彼は悠々と自分の海の知識に頼りきり、それが誇らしくもあり、自信満々で嬉々としている様子だった。自己の腕前を熟知して、巧みにこの小船を自由自在に動かすことが楽しくてしかたがないようだった。（七七、八頁）

海千山千のニコルズが、モームの作家的職業精神を強く刺激したのはこういうところではないかと思われる。真のプロの肩書は、ニコルズのようなエキセントリックな気質の持ち主にこそ相応しい、とモームは言っているようにみえる。一方でまた、そうしたニコルズの態度に比べて、サンダーズはどうなのか。

よく考えてみれば、こんな皮肉な状況もない。頭の回転が早く、知識も広くて、人生を理性的に考え、死んでも失うべきものなど何もないという彼（サンダーズ―引用者註）がぶるぶる震えているのに、一方で自分のそばにいる黒人のように無知で、船長のように下劣で、フレッド・ブレイクのように鈍い、そういった連中が全く動揺していないのだ。これではまるで、理性などといっても高が知れていることを如実に見せつけられたようなものではないか。（八頁）

ここにあるように、ニコルズの海に生きる男としての誇りと、船員としてのプロ意識を目の当たりにするにあたって、サンダーズは自己の頼るべき知識人の理性や知性などは、現実の前ではいかに無力であるかを痛感する。実際その後、サンダーズがカンダ・メイラ島での悲劇的結末（フレッドが親友となった男を知らずに裏切り、自殺に追いやってしまう）を未然に阻止出来なかったのは当然といえるかもしれない。

またこの島で物語が本格的に展開する段になると、ニコルズは舞台の奥に引き下がってしまう。もっとも後になって、ニコルズに身柄を託されたフレッド青年が結局、三角関係の一方の重要な当事者になることを考慮に入れると、ニコルズは本筋を引き出す触媒のような役割を持たされていることが分かる。

カンダ・メイラ島での出来事の一カ月後、サンダーズはシンガポールのとあるホテルでのんびり時間を潰していた。彼はそこでまた偶然にニコルズと再会する。ニコルズによると、フレッドは金を持ったまま、船上から落ちたらしいのだ。サンダーズは、その事故にニコルズが関与しているのではないかと疑い、彼をさらに追及しようとした時、ニコルズ夫人がはるばると夫を追いかけて来たために、詳細を探り出すことが不可能になる。夫人の前では全く勢いを失ってしまうニコルズには、かつてプロ意識をのぞかせた強い人間のイメージの片鱗もなくなり、一転して軽妙なものに変わるのである。遂にフレッドの死の原因がはっきりしないまま、人生を幻影のように見ているサンダーズの心情が語られて小説が終わる。

ここで、ニコルズ船長の「プロ意識」ということについて整理しておきたい。ニコルズが潜水夫の葬儀を船上で固執するのは、死者が単に哀れだからではないし、純粋に（言葉とは裏腹に）信仰に基づくものでもない、と思われる。また嵐の最中、雄々しく帆船の舵を取り続ける頼もしいニコルズはただ乗組員と乗客の救助

6–1「モームの極東」
マラッカ湾港 1920年代前後

を目指すからではなく、そうした行為が彼には純然たる愉悦だからであろう。本論でいう「プロ意識」とは、通常の道徳観念を超越したところで働く本能的な意識[4]に関連している。周囲の人間が、日頃から俗悪だと思われていたニコルズの中に、気高さというものを束の間ながら感ずることがあったとしても、それは彼にとっては全くあずかり知らぬことだったに違いない。作者のモームは、実はそうした不可思議な人間性のありようについて、サンダーズを通して述べているのではないか。

Ⅱ　「物知り君」の主人公のふるまい

興味深いことにモームは、ニコルズ船長とは一味異なった人物をめぐる「プロ意識」と人間性との関連を主題にした作品を残している。モームがアメリカの雑誌『コスモポリタン』(*Cosmopolitan*) に発表した掌編小説「物知り君」('Mr. Know-all,' 1925) である。

「物知り君」の書き出しは、「私はまだ知りあわない内から、マックス・ケラーダを嫌な人間だと決め込んだ[5]」('I was prepared to dislike Max Kelada even before I knew him.')（三一七頁）となっている。読者は最初に、'dislike' という強い語句に目をひかれる。続いてイギリス人読者とっては語り手の「私」がそうであったように、'Kelada' という三音節からなる異国風に響く人名に好奇心をそそられよう。またその後の、'even before I knew him' という一節が前述の 'dislike' と相乗効果を生んで、語り手のこの人物への強いこだわり、あるいはある種の偏見を読者に印象づけるであろう。

反面、読者は'was prepared to'という、'dislike'の断定的な意味合いを幾分中和するような口調にひっかかりながらも、さらに目を先に走らせる。果たして、この冒頭のセンテンスは、作品全体を論ずる上の鍵となる表現であって、この創作におけるモチーフともよぶべきものであろう。これ以後語り手の、ケラーダ氏に対するこだわりが物語の展開にそって、'like'を使った構文によって再三強調される。

このように、作者は冒頭部分から、ケラーダ氏に対する読者の関心を引きつけることに成功している。さらに、ペンギン版でわずか六頁の物語の内の最初の半頁を費やして、作者はまだ姿を現わしていない男の人となりを、語り手の「私」の口を通して紹介する。だが何故、「私」にはケラーダ氏が嫌な人間だと思えたのだろうか。

第一次大戦終了後まもない頃の混乱期、「私」はサンフランシスコから満員の客船に揺られて横浜へと向かうところであつた。この時期には、相部屋を確保出来ただけでも幸運といわなければならなかった。ところがこの二週間の船旅の相客がスミス氏でもブラウン氏でもなく、ケラーダ氏という奇妙な名前の人物であることに、いやな予感が「私」に働いたのである。客室を見回した時、すでに運び込まれていたケラーダ氏の荷物類からして「私」には気にくわなかった。「スーツ・ケースにはどれもラベルがべたべた貼られ、衣装トランクはやたらと大きかった」(三一七頁)からである。

さらに語り手は、ケラーダ氏の化粧道具さえも有名なフランス製高級品ばかりであることを強調しながらも、自分の頭文字を金で彫らせたブラシは汚れたままだ、などと皮肉をいう。そして'I did not at all like Mr. Kelada.'(三一七頁)という言葉が出る。冒頭の'was prepared to'という表現がここにきてはっきり判断を下すようなそれに変わったわけだ。だがその判断は、「私」の偏見の混じった感情的な理由に基づいている。

語り手の「私」は、その名前と室内に置かれたけばけばしい荷物類とから相客のケラーダ氏に対して偏見に満ちた気持ちで違和を強調した後、喫煙室へ行ってトランプをやりかける。そこに初めて、ケラーダ氏本人が登場する。彼はイギリス人だと名のるが、生粋のイギリス人でないことはすぐ分かる風体であった。彼の流暢なまでの言葉遣いはかえって本物のイギリス人らしくなく、物腰も余りに馴れ馴れしすぎるところがあった。禁酒法の時代であるにもかかわらず、ケラーダ氏はこの新しい友に自分の持ち込んだ酒を勧める始末だ。

ケラーダ氏は稀代のおしゃべりで、彼の知らない話題はほとんどないといってよいほどだった。「私」は、気取るつもりはないが、初対面の相手に敬称ぐらいは付けてもらいたい、と内心で思う。だがケラーダ氏は相手をリラックスさせるためかもしれないが、「私」の心中を察することもなく、そうした礼儀には無頓着であった。'I did not like Mr. Kelada.'（三一八頁）という、前よりももっと素っ気ないニュアンスの言葉がここで挿入される。ここで読者は、次第に「私」の嫌悪感が高じてくる心境を垣間見ることになる。

「私」が、ひとりでトランプに取りかかろうとすると、またケラーダ氏が色々と口出ししてくるので、遂に「私」は席をたって、食堂に向かおうとするが、彼はすでに自分たちのテーブルを予約してしまった、という。そこでまたしても例の言葉が出る。だがその言葉は今までのように、パラグラフの中に組み込まれていないで、前後の部分から独立した場所に置かれる（三一九頁、六行目）。これは語り手の没交渉したいという意志表示ではないだろうか。結局はそれ以後、「私」には三度の食事を含めて、いつもケラーダ氏につきまとわれることになる(6)「私」にとって厄介なのは、このような行為がすべて、彼の無邪気な善意に発しているらしいことだ。こうしたケラーダ氏の善意は、「私」だけではなく、他の乗船客にも向けられていた。彼は三日の内に船内のあらゆる人間と知り合いになり、催し物や儀式すべてを取り仕切ることに無上の喜びを見出しているようだった。

船中ではとてつもない嫌われ者だった。私たちは彼のことを、本人の目の前であっても「物知り君」とよんだ。彼はそれを賛辞と受け取っていた。……他の誰よりも知識があった。少しでも彼と意見を違えることは、彼のありすぎる虚栄心に対する大変な侮辱になるのだった。……自分の方が間違っているかもしれぬという考えは、ついぞ彼の頭には浮かばないものだった。（三一九頁）

語り手は、この引用の冒頭で「とてつもない嫌われ者」（'the best-hated man'）と言って、物知り君への客観的な評価をことさら印象づけようとする。元々、'know-all' の意味は「知ったかぶり、物知りぶる人」というように幾分皮肉なニュアンスがある。それをケラーダ氏は文字通りの意味で（褒め言葉として）受け取っているらしい様子が、ここでまた皮肉な光景を生んでいる。

このように作者のモームは、物語全体の初めの三分の一を使って、ケラーダ氏という人物の雰囲気と行動パターンとを語り手の視点から要約する。その際、モームは主として、対話文よりも地の文を使ってその特長を述べていることが多い。ケラーダ氏へのこうした皮肉な言辞はある程度までは登場人物のひとりである語り手の色眼鏡を通してであることを、ここで確認しておこう。

さてここに物語は、ラムゼイ夫妻が登場して意外な進展をみせることになる。ラムゼイ氏は、ケラーダ氏負けず劣らず、独断と自尊心に満ちた男で、二人が同席したテーブルでは果てることのない痛烈な議論の応酬が続く。ラムゼイ氏は、アメリカ領事館員で、今回ニューヨークに残してきた妻を連れて神戸に帰任するところだった。

領事館員はあまり俸給がよいとはいえず、夫人は常に質素な身なりだった。いかにももの静かで上品な印象を与えていた。……彼女を見るだけでその慎しみ深さに強く打たれざるを得ないのだ。（三二九、二〇頁）

ラムゼイ自身は幾分粗野な印象を与える大男で、引用文中に見られる淑やかな物腰と着付けの夫人とは対照的に描かれている。

ある晩餐の席上、ケラーダとラムゼイとが養殖真珠の話題について議論を始める。このレヴァント人('Levantine')にふくむところのあるラムゼイは、相手を攻撃する機会を狙っていた。作者はここでケラーダ氏を呼ぶのに初めて、「レヴァント人」という固有名詞を用いる。これに似た響きの言葉に'levant'があって、「(借金などを払わないで)逃亡する、掛け金を払わずに行方をくらます」という意味がある。モームがこの単語を使ったのは、「口先だけの詐欺師」という意味を言外に含めたかったのだろうか。また、「ラムゼイはこの機会をとらえて、レヴァント人を攻撃しようと構えていたので……」(三二〇頁)とあるように、そこにラムゼイの視点が入っていることから、彼のケラーダへの敵愾心や強い軽蔑が込められている言葉とも受け取れよう。

さて、ここで、自分の無知をつかれて憤激したケラーダ氏は職業を初めて明かすことになる。真珠の専門家（エキスパート）だというのだ。あれほど雄弁だった男が、今まで自己の仕事にふれることはなかったのである。そこでケラーダ氏は、ラムゼイ夫人の身に着けている真珠の首飾りを話題にする。その時夫人は、「淑やかに幾分顔を赤らめて首飾りをドレスの内側に滑り込ませた」（三二〇頁）のだった。ケラーダ氏は、これは本物で、一万五千ドルから三万ドル相当のものであると主張する。ところがラムゼイは、これはニューヨークを発つ前に一八ドルで買った模造品だという。夫人の反対にも関わらず、遂に男たちは百ドルを賭けて自分の主張を通そうとする。ラムゼイは嫌がる夫人を制して、その首飾りをはずして、ケラーダ氏に鑑定させる。

レヴァント人はポケットから拡大鏡を取り出し、仔細に観察した。勝利を確信した微笑が、彼のすべすべした浅黒い顔に広がった。彼は首飾りを返した。まさに彼が口を開こうとした刹那、ラムゼイ夫人の顔が目に入った。彼女は顔面蒼白になって、まるで失神でもしそうだった。彼女は大きく開いた怯えるような目つきで彼をじっと見つめていた。それは必死に何かを訴えている眼差しだった。（三二一頁）

この引用の冒頭で再び「レヴァント人」が使われているのは、ケラーダ氏が商売道具を取り出して、勿体をつけて鑑定する様子を、その周りの船客たち、とりわけラムゼイが皮肉な視線を向けていることを作者が強調するためであろう。

一方、この引用文ではその後視点がケラーダ氏のそれに変わって、彼は夫人の異様な取り乱し方に気付くわけである。従来の言動では考えられないのだが、ケラーダ氏はここで自分の「過ち」を認めてしまうのだ。「本物そっくりによく出来ていますが、もちろん、拡大鏡で調べたら、本物でないことがすぐに分かりました。せいぜい一八ドルが、その首飾りの値としては適当でしょう」（三二一頁）、と。「物知り君」と陰口をたたかれている自分が人々の嘲笑や冷やかしをまともに受け、今まで必死に守ってきた権威もどきも完全に失墜するのを覚悟で、ケラーダ氏が衆人環視の中で自己の「過ち」を認めるこの場面は、いわゆるドンデン返しであり、作品のクライマックスでもある。

この作品はエピローグに入ってから、「私」とケラーダ氏との対話によって結ばれる。その事件の翌朝、ラムゼイ夫人が扉の下に昨夜の百ドルを忍ばせたのだ。「私」が、あの真珠は本物だったのかと聞くと、ケラーダ氏は「もし私にきれいでかわいい女房がいたら、自分が神戸に留まっている間、女房にニューヨークで一年もすごさせるようなことはしませんね」とポツリという。

　その瞬間、私はケラーダ氏がそれほど嫌いでもなくなった。彼は財布に手を伸ばし、その中に百ドル紙幣を注意深く入れたのである。（三二二頁）

冒頭で「私はまだ知り合わない内から、マックス・ケラーダを嫌な人間だと決め込んだ」といい、その言葉通りにケラーダ氏の人柄を作品の大半を使って浮き彫りにしながら、結末でそれを覆す「私はケラーダ氏がそれほど嫌いでもなくなった」という言葉をもってきて、読者に違和感を与えず、むしろカタルシスとなって、すがすがしい読後感を持たせる――これこそモームの練達した筆致といえよう。(7) この作品にも作者モームの小説作りの特徴が端的に表われており、彼の日頃の短篇小説への姿勢に従って、話の筋の一貫性が保たれている。固定された場所、人物、一定の期間内での話の展開といった視点が重視されているからである。

「私」のケラーダ氏への強いこだわりを通しながら、人間は自己のプロとしての体面、誇りをあえて、それも意図的に捨ててまでも守らねばならないものがあるという主題を作者のモームはこうして導き出したのである。(8) 俗悪で他人への配慮などかけらもないと思われていた男に意外な一面があると分かる落ちは、モーム一流の皮肉な人間観の表われであろう。

ここで、この作品の題名に少しふれておきたい。「物知り君」という名前が、最初はすべての登場人物にとって皮肉な響きしか持ち得なかったにもかかわらず、物語の最後の段階になって、ケラーダ氏こそ「すべてを見通した人物(ミスター・ノウ・オール)」に他ならない、ということが少なくとも「私」に理解されるところがこの作品のもうひとつのクライマックスといえる。いうなればそこで、作者が題名に込めたアイロニーにわれわれは改めて目を向けることになるのではないか。

Ⅲ 「プロ意識」をめぐる人間模様

モームはこうして、「プロ意識」をめぐって展開される人間模様を『片隅の人生』と「物知り君」とでは一見違った風に描き分けながら、ある種の共通の人間認識に達しているようにみえる。ニコルズ船長とケラーダ氏はどちらも普段は胡散臭い鼻つまみ者なのだが、肝心な時になると、一方はいつもの言動からは想像も出来ないほどの「プロ意識」を発揮し、片一方は赤の他人の「名誉」を救うためにあえてプロの名と百ドルとを投げ捨ててしまう。そこでわれわれは、純粋で虚飾のない人間の姿を見せつけられる思いがする。別の観点からすると、人生の極限状態におけるそうした人間の心の一瞬ともいえる動きに、作者のモームが強くひかれていたことになるのではないだろうか。

現実や人生の危急を救い得るのは、あるいは酷薄な現実を変え得るのは、理性や知性といった厄介なものを抱き込んで、ひたすら哲学者的ポーズを取り続けるサンダーズや、取り澄ましたイギリス紳士の「私」なのではなく、ニコルズ船長、ケラーダ氏のような卑俗な人間たちの反俗的な行為ではないか、とモームはいいたげである。そこにモームはまた、いわば人生のプロフェショナルとして生きる人間を見出したのであろう。彼は人間性のこうしたアイロニカルな側面に実に興味深い光をあてている。

注

（1）Maugham, *The Summing Up* (Harmondsworth: Penguin Books, 1969), p. 38.
（2）ニコルズ船長の矛盾した性格については次の書物に、短いが、的確な指摘がある。越川正三著『サマセット・モームの全小説』（南雲堂、一九七二年）、一八〜九頁及び一三三頁。
（3）以下『片隅の人生』のテクストはペンギン版を使用した。引用の後の頁数はこの版による。ただし作中のカンダ・メイラ島の表記についてはハイネマン版に従った。Maugham, *The Narrow Corner* (Harmonsworth: Penguin Books, 1983). 同書引用文の日本語は、増田義郎訳『片隅の人生』（新潮社、一九五六年）を参考にさせて頂いた。

（4）*The Summing Up*, p. 40. *A Writer's Notebook* (London: William Heinemann, 1979), p. 349.

（5）以下「物知り君」のテクストはペンギン版を使用した。引用の後の頁数はこの版による。Maugham, 'Mr Know-All', *Collected Short Stories* Vol. I (Harmondsworth: Penguin Books, 1986).

（6）モームの『アシェンデン』（一九二八年）にも、ケラーダ氏によく似た行動パターンをとる人物（ハリントン氏）が登場する。作品の主題は違うものの、モームはこの種の人物に特別のこだわりがあるようである。

（7）ジョン・ホワイトヘッドは最近のモーム研究書の中で、モームの比較的後期に発表された短篇集『コスモポリタン』（一九三六年）や『環境の動物』（一九四七年）にまとめられている作品の多くを批判している。つまり取り柄となるようなものを含んでいない、というのだ。とりわけ前者の「物知り君」と「首飾り」（'A String of Beads'）とは、モーパッサンの「首飾り」の主題のヴァリエーションだというのだ。果たしてそうだろうか。借りた首飾りを失って、借り主には内緒にしておいてそれを弁済するため、一〇年もの労苦に耐えた夫婦が、結局それは模造だったと判明するモーパッサンの短篇「首飾り」の主題とは、「物知り君」のそれは明らかに違う。また模造だと思われた首飾りを、妻の死後、夫が本物と知って驚愕するというモーパッサンの「宝石」の主題とも微妙に違う。モームは、モーパッサンの短篇を巧みに自己の狙いに合わせた物語に換骨奪胎しているといえよう。John Whitehead, *Maugham: A Reappraisal* (London: Vision Press Ltd, 1987), pp.155–56, 212.

（8）ケラーダ氏は、ラムゼイ夫人のただならぬ様子を了解した時、真のジェントルマンのように振舞ってみせて、自己のプロとしての誇りを抑えつける、とアンソニー・カーティスは述べている。しかしこうした彼の振舞いが、いわゆるジェントルマンとしてのそれなのかどうかは私には少し疑問に思われる。Anthony Curtis, *The Pattern of Maugham: A Critical Portrait* (London: Hamish Hamilton: 1974), p. 184,

本考察は、英米文学研究誌『軌跡』創刊号（鷹書房弓プレス、一九九一年）の掲載文に若干の修正加筆を施したものである。

第七章
サマセット・モームの『劇場』のヒロインをめぐって
小説で描かれた舞台と女優人生の妙

I　劇作家を引退した後生み出した女優の半生

サマセット・モームが亡くなって、ほぼ半世紀余りすぎたが、すでに、一九九七年に彼の文壇デビュー作『ランベスのライザ』が発表されてからイギリス文学の潮流、とりわけ小説の概念、あり方などは、二〇世紀という激動の時代にあって、それまでに見られないほど、大きな変化の波を受けたのは言うまでもない。稀代のストーリー・テラーを自認していたモームにとって、こうした時代を作家として生きることは何を意味していたのだろうか。

例えば、モーム後期の代表作と思われる『劇場』(*Theatre*, 1937)[1]が書かれた頃は、まもなくヨーロッパ全域が戦争状態に入る危機的時代にあり、文学もまた政治と必然的に関わらなければならない時代であった。ところが、この小説には一切戦争の影が落とされていないのだった。ただし、情熱的なヒロイン、ジューリア(Julia Lambert)の回想場面で、夫が第一次大戦に従軍した経緯は述べられているが、これなどは戦争への危機感ではなく、セピア色の懐かしいアルバムを見ているという印象しかもたらさない。これはジェイン・オースティンが、小説の中でナポレオン戦争がもたらしたヨーロッパ大陸の動乱騒乱に言及することをせず、超然としているようにみえていたことを喚起させぬこともない。

また、モームの次の作品『クリスマスの休暇』(*Christmas Holiday*, 1939) になると、政治や革命の問題が出てくるものの、彼は必ずしも、小説のテーマとして、それらに直接的な関心を抱いているわけではないようだ。『劇場』は、もっと徹底した姿勢で、小説の外の現実の世界状況とは一見、無縁な、軽い社会風俗喜劇の体裁をとっている。本稿では、この作品が出版されて八〇年余が経過し、いっそう混沌としてきた現代の文学状況にあって、モームを改めて読む意義を、主として本作を通して考察したい。

物語を語るという行為は印刷文化が始まるはるか以前から、人間の歴史とともにあったわけだが、近代の、特に一八世紀以後のイギリスの小説の展開に限ってみても、物語は長く小説文学の要であった。ところが、イギリスでは二〇世紀に入ると、こうした潮流は徐々に変わり始める。一九世紀以来の政治上の改革の数々、経済の未曾有の発展、それに伴う個人の諸権利の獲得などによって、社会の仕組みが劇的に変わっていく一方、文化面では小説文学の読者層の分化がおこり、先端的な文学者たちが少数のエリート読者を相手とする慣向をとるようになったからだ。そこでは小説の物語的要素は軽視され、うさん臭い目で見られるようになる。さらに小説そのものの語りはその後、精緻錯綜をきわめたあげく、ジャンルとしての小説は「死んだ」とまで言われるほどになった。

今日モームにとってさらに分が悪いことに、彼を生前もてはやしていた広範囲の読者層の感受性が変わって

7-1 訪日時、記者とファンに囲まれるモーム 1959年

しまったかにみえることだ。実際、最近ではモームの主だった著作をすべて集めるのはかなり困難になっている状況だ。またモームの生前、あるいは現在においても、熱狂的な愛好者を除けば、おそらく、彼をイギリス文学の「偉大な伝統」に連なる作家だとする意見はほぼ皆無だろうが、一方（とりわけイギリスの）アカデミックな立場からの、この「通俗」作家への無関心、無視という態度はほぼ今日まで一貫している。何しろ例えば、数年前に刊行された六〇〇頁以上の大部の英文学史の著者は、モームのへの言及は、ジョイスの『若き日の芸術家の肖像』を論ずる上で、ついでに数行ふれているにすぎないのだから。[2]

現代のイギリスの小説家フランシス・キングは、京都を訪れたモームに同行した時（一九五九年秋）のことを、少し前に出版した自伝の中で、回想している。まもなく晩年を迎えようとしていたモームは、この時、次のような言葉を述べていたという。

大学教授たちが朝からホテルに並んで私の本のサインを求めに来ているんだよ。ロンドンに滞在している時は、誰も私の存在など鼻もひっかけないのだがね。[3]

モームは親の仕事の都合で、パリで生を受け、十歳になるかならないうちに孤児となり、イギリス・ケント州の片田舎の叔父夫婦に引き取られて養育された。名をなしてからのモームはその後半生を、ほぼ第二次大戦の時期を除き、リヴィエラ海岸に構えた大邸宅で暮らしていた。またその間には周知のように、頻繁に世界中を旅していたのである。上記のキングに語ったモームの発言には、多少の誇張と彼一流の皮肉がまじっているのだろうが、ここには、作家モームのイギリス文壇での地位の微妙さが表われている。モームが母国イギリスでの居心地の悪さを感じているのは、彼の文学観、人生観を論じる時に、指摘されることが多いであろう。その点で、『劇場』のヒロイン、ジューリアが物語の後半、精神的に落ち込んだ時にイギリスを離れ、母親の住む牧歌的なフランスのサン・マロに一時滞在して、生きる活力を取り戻すのは何やら暗示的ではある。そして、モームは一九三〇年代後半、戯曲の世界を離れた後、小説やエッセイなど、円熟期としの芸術家の姿勢を前面に出そうとしていた。

Ⅱ　新旧の商業演劇の世界を知り尽くしたモームの経験

モームが売れっ子の小説家として、完全に世に認められるようになったのは、『月と六ペンス』を発表した後のことだったが（すでに彼の生涯の代表作『人間の絆』は刊行されていたものの、発表当時はあまり反響をよばなかった）、実はそれよりもっと早い時期にモームは劇作家としての名声を馳せていた。例えば、一九〇八年頃のロンドンのウェスト・エンドで、つまり商業劇場街に一度に自作が四つもかかっていて、シェイクスピアを顔色なからしめた、という諷刺画が当時のパンチ誌に掲載されたのは有名な逸話だ。王政復古以来の風習喜劇、あるいは客間喜劇の系統に連なるモームの一連の機知あふれる喜劇は、当時の劇場街を大いにわかせていたのである。劇作家としての名声は、彼が劇作の筆を折る一九三三年まで続いたが、現在ではモームの劇も、カワード (Noël Coward) やラティガン (Terence Rattigan)、そしてワイルド (Oscar Wilde) たちの作品の上演頻度とはかなり差があるようだ。(4)

さてモームの死後三〇年にあわせたものかどうかはさだかではないが、ロンドンのコヴェント・ガーデンにある演劇博物館 (Theatre Museum) に一九九五年二月からモームの収集した芝居絵 ('theatrical paintings') の数々が展示されていた。(5) これらは、彼が元々、サウス・バンクにある国立劇場 (National Theatre) に寄贈していたもので、本来は劇場内に飾られていたのだが、盗難事件があって、管理上の問題が生じ、しばらく一般の目にはふれられなかったという。それが今回、五年間の期限で演劇博物館に貸し出されることになったのだ。一八世紀から一九世紀にかけて演じられたシェイクスピア劇をはじめとする、幾多の芝居（及びその演者）を主題にした八〇点ほどの油絵、水彩画がいわゆるモーム・コレクションと称されるものだが、(6) その収集の規模は、ロンドンのギャリック・クラブのそれに次ぐものだという。結果的に、モームの貴重な絵画の収集品はテムズ川を越えて、その収蔵にあるいはよりふさわしいコヴェント・ガーデンにようやくたどりついたことになる。今ふさわしいと言ったのは、この周辺が元々イギリス近代演劇の、あるいは芝居小屋のホーム・グラウンドといってよい地であったからなのだ。

イギリスの芝居の、というよりも俳優たちの黄金時代である一八世紀の後半から一九世紀は、ギャリック (David Garrick) やチャールズ・マックリン (Charles Macklin) といった不世出を謳われた役者たちを描いたツ

ォファニ (Johan Zoffany) やドゥ・ワイルド (Samuel de Wilde) など、芝居小屋の出し物や扮装姿の俳優たちの肖像を描いた画家たちの得意の時代でもあった。コヴェント・ガーデンのあたりには、彼ら画家たちのアトリエがあり、描かれる顧客である役者たちは気軽に立ち寄ったといわれている。演劇そのものは堕落し、逆に俳優たちはそれまでの時代にないほど意気軒昂であったという「倒錯した」関係が、こうした肖像画からしのばれる。

また、モームが自伝的エッセイ『サミング・アップ』（一九三八年）の中でも語っているように、小劇場向けの芸術的な戯曲への志望を捨てた後、しばらくは依然として鳴かずとばずの頃に、自作の売り込みのために、主演級の女優に喜ばれそうな喜劇を書くように一時心掛けたことがあったそうだ。(7) むろん、事態は彼が目論むほど単純ではないことにすぐ思い知らされる。

だが、小説『劇場』を読んで、そこで描かれた女優の世界を垣間見ると、まんざらモームの経験が若気の至りばかりでないことがわかる。物語の大詰めで、ジューリアが年下の愛人トムのガール・フレンドである新人女優を舞台上でやっつけるために、下稽古の時とはわざと違うような所作を本番でやってのける。結果は大成功をおさめるが、ジューリアを終演後難詰しようとした（名前のない）原作者にむかって、彼女は言葉巧みに彼の自尊心と虚栄心をくすぐり、怒りを静めてしまう。そして彼女は、「このとんまは、たぶん一日たったら、あの場面は自分があのように工夫したものだ、と思い込むでしょうよ」（二九章）と、辛辣きわまりない言葉を心の中ではく。つまり、これは、原文では括弧の中の言葉として述べられるわけだが、そこには、おそらく、劇作家一般への皮肉とともに、時に劇作家よりもしたたかな女優相手に苦労してきたモーム自身の苦い思いがこもっていよう。

ところで、モームが第一次大戦前にある美術批評家に勧められたことがきっかけとなり、こうした芝居絵の収集に熱中し始めたのは[8]、彼の経歴からいって、ごく自然なことのように思われる。面白いことに、上記の画家たちの作品が、モームの六〇歳代前半（第二次大戦が迫った頃）の作品『劇場』の一場面で言及されるのだ。小説の冒頭で、ジューリアの夫であるシドンズ劇場の支配人マイケルの部屋の細部の様子、家具の配置などが描写されている。

そこは、いかにも一流の劇場支配人にふさわしい部屋だった。壁には、すぐれた装飾家による（原価でできた）鏡板がしつらえてあり、ツォファニやドゥ・ワイルドなどによる芝居を題材にした版画がかけられていた。（一章）

南仏の豪邸ヴィラ・モーレスクを飾らせていた作者自身の収集品が何げなく、劇場を舞台にした自作の小説中の劇場内の支配人の部屋の一角に飾られているわけだ。これが、この作品の背景、雰囲気を暗示している。括弧で付け加えられている個所には、早くも作者の皮肉な視線がジューリアの夫マイケルの劇

7–2 夫マイケルの支配人室に飾られた「芝居絵」
ツォファニ作 モーム・コレクション

7–3 女優セーラ・シドンズ肖像画
1782年頃

場経営者としての経済観念にむけられている。

イギリス有数の女優と謳われるジューリアは四六歳、今まさに演技に円熟した時代を迎えている。彼女は夫のマイケルの経営するシドンズ劇場の花形女優でもある。ちなみに、このシドンズ劇場は一八世紀後半から一九世紀始めの時期を代表する名女優セーラ・シドンズ（Sarah Siddons, 1755–1831）の名前にちなんだものであろう。夫もかつては美貌の俳優ではあったが、彼の才能は劇場の運営面に、よりいっそう向いていたようだ。物語は、彼らが、この劇場の経理を担当することになった青年トムを昼食に招くところから始まる。

ジューリアは、自宅でトムに自分の写真を記念として渡した後、昔の写真をさらっていくうちに、マイケルともども二人がまだ駆け出しの頃のことが思い出される。ある地方の劇場で見出されたジューリアが、端役だけの役者から次第に頭角を現していく。その後、劇団に入ったマイケルとたちまち恋に落ち、やがて結婚する。だがある時から、彼女は彼に昔ほどの愛情を感じなくなる。

マイケルは人がよく、類い稀な美男子だったが、役者としては凡庸な素質しかなく、俗物で退屈な男なのである。やがて、ジューリアに夢中になっている有閑夫人ドリーの援助により、ロンドンにシドンズ劇場という自分たちの本拠地を持つことに成功する。一方、ジューリアの前には、貴族のチャールズ・タマリー卿というかなり年上の崇拝者が出てくる。こうして、彼女は演技の上で花形になっていくのと同様に、社交界の人気者にもなっていくのである。ジューリアの回想が二章から九章まで続いたところで、現在の物語に戻る。

しばらくすると、ジューリアは会計事務員トムとほんの火遊びのつもりで、関係を持つにいたるが、次第に彼との愛欲の生活にのめり込んでいってしまう。やがて、あろうことかトムは、ジューリアが嫉妬するくらいに、イートン校で学んでいる息子ロウジャーと急速に親しくなってしまうのだ。そのため、せっかく、トムと長く一緒にいられる機会をもうけようとした郊外の別荘での休暇も、散々な結果に終わる。まるで、ジューリアなど眼中にないがごとくに、トムはロウジャーと遊びまわっているばかりなのだ。しかし、彼女はこの若者の俗物性、下らなさを、また高名な女優を踏み台にして社交界に出入りしたいという魂胆を見抜きながら、どうしても彼に対する情念を断ち切れないのである。こうした主人公の苦悶の描写は、モームの読者にはすでにおなじみのテーマということになろう。

ついに二人の仲は、スキャンダル好きの社交界の格好の噂になり、この件がドリーからマイケルに伝えられるが、彼はそれを一笑に付してしまう。それを知ったジューリアはドリーにとりつくろうとして自宅で会うが、この会見はお互いに相手に対して、冷ややかな印象をもたらすだけの不毛な結果に終わる。

物語は以後、急展開する。トムは、今交際していると思われる若い娘エイヴィスに、準備中の作品のひと役を与えてくれるように、ジューリアに頼んでくる。ここでも彼女は、トムの厚顔無恥に不快感を募らせるが、ある考えを抱き、彼とは一時的に和解して、娘をマイケルに推薦してしまうのだ。やがて秋の新作の稽古が始まる頃、彼女は次第に生き生きしてくる。初日の舞台の前に密会したトムとは、すでにきれいに気持ちが離れているのを感じ、やっと情念の絆がふっ切れたと思うのである。ジューリアは下稽古では自分は目立たず、思う存分にエイヴィスに芝居させたあげく、本番の舞台では、彼女と絡む第二幕において、ものの見事に相手の見せ場を奪い、その場の観客の注目を一身に集めることに成功する。

これによって、ジューリアのイギリス第一の女優という名声はさらに揺るぎないものになる。ジューリアの素晴らしい演技にうたれた（と思われる）トムが、芝居がはねた後、今になってよりを戻そうとするのだが、彼女にとって劇場がもはや単なる逃避の場ではなく、真に生きる場であることを悟っており、彼の申し出は体よく断られてしまうのだ。こうして小説『劇場』は、劇場近くのレストランで、満足気味に食事をとるジューリアを描写して終わる。

Ⅲ　芸術に縁なき衆生は、それに身を捧げる人間の真実を理解出来ないのか

発表時のある書評に、『劇場』のような「ウェルメイド」の小説は「ウェルメイド」の芝居と似ている、観客は十分満足して席を立つが、すでに第一幕での出来事は忘れかけているからだ、という発言があった。[9] あるいは、『劇場』は老練作家の手になる「安易な救いに終わる日常的喜劇」[10] という批評も見られた。だがそれよりも、この作品が、ジューリアの魅力的な性格を描くだけでなく、彼女を通して「芸術家気質を描く」[11] 意図があるとする別の評者による積極的な評価を支持したいと思う。モームは今まですでに、『月と六ペンス』で、天才画家の壮絶な半生を描き、『お菓子とビール』では、ある大作家の生と死（それが第一テーマではなかっ

たにせよ）を取り扱っている。

だがもし、『劇場』に作品としての価値を見出すとすれば、女優（芸術家）という職業の人間を外側から再現するのではなく、内側から描いたということになるだろうか。前記の各々の小説中の、画家チャールズ・ストリックランドや作家エドワード・ドリッフィールドたちは、ほぼ作中の「私」だけの目を通して描かれていた。したがって、そこでは彼らの内面の声は直接伝わりようがなかった。

しかし、『劇場』では、作者は三人称小説のスタイルをとりながら、主人公の内面心理に立ち入って、彼女の思うことのほとんどすべてをさらけ出そうと試みる。モームは、ここで通常妻が夫の前では口にしないような言葉を、彼女の内面の声として括弧を利用して言わせること（内的独白）ができるのだ。この小説では、比較的素朴な形ながら、よく言われるように、「意識の流れ」派の作家たちへのモームのデリケイトな対抗意識が垣間見えなくもない。彼を非難する人々からみると、時流に便乗した安手のやり方だ、ということになるのだが。

ともかく、これが終始一貫して作品全体の上で効果的な役割をはたしているかは少々疑問にしても、三人称物語の視点がジューリアにあてられることで、女優という職業に従事する女の苦しみ、喜びが読者に比較的素直に伝わってくる利点はある。どちらかというと庶民型のヒロインのロウジーが、小説家である夫ドリッフィールドの芸術に、また周囲の人間に影響を与えるということが大きな意味を持っていた『お菓子とビール』と違い、本作品では徹頭徹尾ジューリアに視点が集中し、彼女の存在と彼女が抱える問題のみが、『劇場』の世界にとって重要なことになってくる。そのために、これもよく言われるように、その他の人物の影が薄くなっていることも確かであろう。あるいは、こう言い換えてもよい。多くの登場人物たちは、部分的に主人公とのからみで読者の興味を引くだけで、ほとんど主人公に拮抗できるような、小説中の独立した人間としての肉付けはなされていないのである。

一体、ジューリアにとって、劇場とは何なのだろうか。また、女優とは、演技とは、何なのだろうか。例えば、物語の後半で、トムとの仲が少しこじれている最中に出た夜の芝居で、彼女は全神経を注ぎ感情を込めて、リアルに演じたつもりになるところがある。しかし、観客の喝采を受けて高揚している妻の前でマイケルが、あれは偽の演技だと批判する言葉はいかにも非情に聞こえるが、やがて彼女は少し冷静になって反省するのだ。つまり、本物の演技はもちろんリアルでなくてはならないが、同時に生身の感情を芝居に持ち込んでも、それはただ劇中の人物のそれを再現したにすぎないととられる、というわけだ。ここでは、舞台は彼女にとって実入生からの絶好の逃避場所になる時のあることが示されている。

ここで注意すべきなのは、マイケルは、美しい容貌を持つだけの凡庸な役者に過ぎないが、人の演技の鑑眼にかけては一流の腕を持っているということである。『月と六ペンス』に登場する三流画家のオランダ人ストルーヴが、ただひとり、世間から見捨てられたストリックランドの天才を認めた人物として登場していたが、どうもモームはこういう人物設定にひかれるようだ。[12] こうして、トムとの情事を知らない夫の、女優ジューリアへの辛辣な批評は、はからずも舞台外でのジューリアの動揺している気持ちを言いあてている、という何とも皮肉な状況設定になっている。

ところでジューリアは、若い頃すでに彼女の才能を見出したある地方の劇場支配人演出家に、「そういう顔こそ、女優にうってつけのものだよ。どういう表情も出せるし、美しさだって見せられる顔、心によぎるあらゆる思いを浮かべられる顔さ」（二章）と言われていた。実際、彼女はこうした天性の資質を生かしながら、演技を磨いていく。しかし、彼が常々劇団員に注意していた「自然そのままにやってはだめだぞ」とか、「舞台とは見せかけるところなんだ。もっとも、そこは自然にみえるようにやらないとな」（二章）という言葉などは、マイケルに注意された時点での、情念にとらわれたジューリアの頭にはなかったことになる。彼女がこうした演技のイロハを忘れて大失態をしでかす要因を作ったのは、先ほども少しふれたように、トムとの関係がこじれかかっていて、その気持ちをそのまま演技に投影させてしまったからだ。

ここで話を少し戻そう。舞台を離れたジューリアの性格のことだ。人は彼女を何不自由ない人生を送っていると見ている。しかし、内実は、隠れた恋に煩悩し、息子のガール・フレンドのことで悩み、夫の退屈さにうんざりしている中年女性なのだ。一方二五歳年下のトムをめぐって、社交界の噂になり、ドリーがついに夫のもとに注進するにあたって、彼女は真意を問いただそうと、ドリーを呼びつける場面がある。そこに、ひとりの女としての強烈な我意や虚栄心が、またよく言えば、女優としての矜持のようなものが見え隠れしている。


「でも、ねえ、あなただけは彼が私の恋人だとは思わないでしょうね」

「もし私がそう思わないとしたら、そう思わないのは、私だけってことにならないかしら」

「それで、あなたはそうだと思っておいでなの」

しばらくの間、ドリーは答えなかった。二人はたがいにじっと見つめあっていた。二人の心は憎しみでふくれあがっていたのだ。それでも、ジューリアは微笑みを絶やさなかった。……

「今まで、嘘などついたことはなかったでしょう、ドリー。もう、今さら嘘をつき始める歳じゃなくなっているのよ。誓って言いますけど、トムは、単なるお友達以上でも以下でもない人なのよ」

「それを聞いて、やっと胸の重荷がとれたわ」

ジューリアは、ドリーが彼女を信じていないことを知っていたし、ドリーもジューリアがそれに気づいていることを知っていた。（一八章）

そして、ドリーが帰った後、彼女は次のように開き直ったセリフをつぶやく。

大勢の女に愛人がいるけれど、それがどうだっていうの。それに私は女優じゃないこと。女優に、貞淑の見本になってみせろなんて、誰が期待するのかしら。（一八章）

おそらくこの場面は、作中で、最も演劇的要素が強いところであろう。ドリーはジューリアのビジネス上の後援者であり、私生活においては一家の友であるのだが、それとともにこの年上の女性がジューリアに抱く感情はたぶんに同性愛的なものである。したがって、低俗な青年にうつつを抜かして社交界のいらぬ噂になっているジューリアに、このしたたかな友人は、もっと大女優としての慎みを持ってもらわねばならない、というような常識論を振りかざす一方、微妙な嫉妬心が隠れているとも取れるところだと言ってよい。

一方、ジューリアはジューリアで、長年の友としてつきあっていながら、余計なことを夫に吹き込んだこのドリーを許せないでいるのだ。今、舞台外でのジューリアは、トムという男のことで頭が一杯なのである。とはいえ、これは絶対にドリーに、つまり世間には、さらに夫には隠し通さなければならないことだった。貞淑の評判といった実体のないものが彼女の周りを垣根となって、取り囲んでいたからである。

この章でのやりとりは、以上のことを念頭におくと、後援者・被後援者の間柄であり、私的にも長年のつきあいのある関係の二人の女性がお互いに相手の性格を知り抜き、かつ気持ちを読みとりながら会話をしている心理戦の光景といえる。特にジューリアからみて、絶対この場は相手に一歩も後に引けないという、強い意志が現れているあたりは、たぶんに、モーム自身が描いてきた本物の戯曲のそれを思わせる。虚々実々の駆け引きが込められたセリフのやりとりは、モームのみならず、客間喜劇、あるいは風習喜劇と呼ばれるものの得意とするところだろう。この部分、とりわけ会話の部分で、二人の心理、セリフの間、呼吸がよく描けているのは、こうした劇作家モームの資質が大きな役割を果たしているからだ。

またモームは、ジューリアひとりに焦点をさだめているとはいえ、この作品は決してヒロイン万能の物語ではない。いたるところで彼女は、世間には見せない、しかし読者だけはその内面を知ることができる人間的欠点を持っている。そう言えば、夫のマイケルにしても、息子のロウジャーにしても、トムにしろ、ドリーにしろ、周りの人間たちがほぼ皆、ジューリアの心の真実を知らされないのは奇妙なことだが。

後半、サン・マロでの休暇から戻った時、ジューリアは二〇年来の友情、崇拝に感謝のつもりで、チャールズ・タマリー卿を誘惑しようとする。彼の手ほどきで、彼女は各種の教養を身につけることが出来たのだった。ところが、何と相手はジューリアのせっかくの「好意」を受け取ろうとしない。相手はそれを望んではいなかったのだ。ジューリアの狼狽はひとかたではない。ただそこは、天性の女優であり、何とかその場をとりつくろって事なきを得る。こうしてチャールズにしても、必ずしもジューリアの全ての真実を把握しているわけではなかったことが、明らかになる。このエピソードにはまた、一種のファースというかドタバタ劇に近い雰囲気が醸し出されている。これは、モームが通じていたはずの初期の（一八世紀）小説によく見られたパターンの現代版でもあろうか。

ジューリアは自分の性的魅力ももはや失われたかと思い、ある時、試しにロンドンの繁華街をわざと男をひきつけるようなスタイルで歩きまわるが、誰ひとり、女としてのジューリアを気にかける男はいなかった、いや、ひとりだけいた。だがこの男は大女優ジューリア・ランバートだと知って、恋人のためにサインをねだろうとして声をかけただけだった、という落ちがつく。これをも、単なるファースととるか、舞台を離れた私生活上の、ひとりの女の性に対する皮肉が込められているとみるのかは意見が別れるところだ。だが、前の例とともに、モームが描く（世間の人間が決して想像することのない）大女優のこのような惨めで格好の悪い失敗は、読者に賛否こもごもの反応をもたらすことは確かだろう。

ところで、モームの生み出した最も巧みな小説は『お菓子とビール』であり、最も精彩を放つヒロインがロウジーであることは、おそらく多くの読者が認めるところであろう。例えば、『劇場』における作者の回想場面の叙述は物語の展開上、そして登場人物の性格を語る上で、欠かせないものだが、現在の物語に過去のそれが自由自在に挿入される『お菓子とビール』のより斬新な手法には見劣りする。後者でのこうした技法は、中心人物のロウジーの性格を深く掘りさげるために、いっそう効果的に使われているのである。彼女は、「私」

という中立的な語り手の登場人物によって外面から描写される。ロウジーには「私」を含め、情を結ぶ何人かの男性がいるのだが、それを非難する偽善的でお上品な人々がいる反面、彼女の真に魅力ある人柄は、彼女の理解者の目にはほぼ白日の下に明らかにされているようにみえる。『お菓子とビール』の山場となる最終章（ここも「過去」の出来事だが）で、「私」が年老いた七〇歳のロウジーのアパートを訪れ、昔話に花をさかせているうちに、ふと壁の肖像写真に目をやる場面がある。そこには、彼女が作家の夫を捨て、駆け落ちした卑俗な様子の石炭商人が写っている。「私」は、あの男のどこがよかったのかとロウジーに問うと、彼女はあっけらかんとして、「彼はいつだって、こんな文句のつけようのない紳士だったのですから」[13]と答えるのだ。物語はここで、幕をおろすのだが、身分は決して「紳士」('gentleman')などではないこの再婚相手に対して、彼女は必ずしも皮肉で言っているのではない。物語の大部分で、紳士気取りや、俗物性とは無縁だった天衣無縫の「自然児」ロウジーに、こうした幕切れのせりふを言わせているのも、いかにも人間観察の名手モームにふさわしい。

しかしまた、この'gentleman'という表現を、多くの男と関係を持った彼女が心から愛情を抱き続けた人物に対する、自分なりの情感を込めた言葉としてみなすならば、これはロウジーという女性像にニュアンスあふれる余韻を残すことになろう。語り手を狂言回しにしながらも、ここには少なくとも、作中の登場人物でもある「私」という彼女のよき理解者のひとりが、物語を語っていることの意味がある。モームの一人称小説におけるもっともすぐれた人物創造の例がここにあるゆえんである。

ところがこれに比べて、三人称小説の体裁をとる『劇場』では、ジューリアは、技術的な趣向をこらして、彼女の内面が詳しく語られているのにもかかわらず、彼女を終始理解して、人間的共感で結ばれている他の登場人物はいないのではないか、という疑念を読者に時おり抱かせる。後で述べるように、ある意味でジューリアは終始孤独な存在なのではないだろうか。作中、脇役ほどの役割もない、ジューリアに長年仕えている衣装係でメイドの女性が、冷静に主人の言動を正しく観察して、ズケズケとものを言うが、孤独なジューリアを比較的客観的に見つめる人物としては面白いが、それ以上の存在ではない。

物語の終盤近く、息子のロウジャーが母親を酷評する場面が出てくる。彼が一四歳の頃、舞台の袖でジューリアの芝居を見ていて、子供ながら、感動して泣いてしまったと言う。ところが、彼女は劇の途中で舞台奥にやって来て、涙が伝わっている顔のまま、舞台監督に照明の不備などについて辛辣な言葉を投げつけるなり、すぐまた観客の方に向き直って、愁嘆場面を続けたのだ、と述べる。それを聞いて、ジューリアは次のように反論する。

「でも、それが演技なのよ。もし女優が演じている役の感情に浸り切っていたら、身体を引き裂いてしまわなくてはならないわね。……」（二七章）

しかし、この件以来、息子は母親に不信感を持つにいたったというのだ。ジューリア・ランバートという人物は私生活でも、舞台と同様に、無数の役柄を演じるだけの実体のない影のような存在なのだ、というのがロウジャーの母親観だったのである。それに対して、ここでのジューリアの反論は、以前マイケルがおこなった

「偽もの演技」批判を肯定的に受けとめた結果導き出されたプロの演技者としての彼女なりの答えになっているのではないだろうか。芸術としての演劇の、芸術家としての演技者のあり方をめぐるここでの二人の議論も、劇作家時代のモームの体験に関わるものと思われる。

新作の初日の晩に（最終章）食事をしながらジューリアは、トムたちに復讐をとげたこと、すでに彼との愛欲の束縛を逃れたことを祝って、ひとり勝利感をかみしめている。ジューリア・ランバートの時代は当分続くことを世間に認めさせただけでなく、自分が名実ともに、舞台の第一人者としての自信と誇りを取り戻せたことに、改めて感慨を抱くことになるのだが、そこの名台詞（これは彼女の独り言だ）を検討してみよう。

「ロウジャーは私たちなど存在しないという。おかしいわね、存在するのは私たちだけなのにね。彼らの方こそ、影のようなもので、私たちが実体を与えてやってるのじゃない。私たちは、それこそ、彼らが人生とよぶ、めちゃくちゃであてどもなくもがいているものの全部の象徴にすぎないのよ。でもその象徴こそ真実なのだわ。演技は見せかけにすぎないというけど、そうした見せかけこそがただひとつの真実なのよ」。（二九章）

ここでは、主人公ジューリアの抱く俳優観（芸術観）が、小説の二七章でロウジャーに反論していた言葉に比べて、より明確な表現で凝縮されている。おそらく、ここに叙述されている感慨は、ジューリアの生みの親モームのそれを反映していると思って間違いないだろう。この段階にいたり、ジューリアは、舞台の中でこそ真実の人生が生み出され、創り出されるのだという意識をはっきりした言葉で表現することが出来るようになったのだ。こうしたヒロインの認識の変わりようが、結局この物語の主題に繋がるのだと思われる。

さてここで、前に引用したジューリアとロウジャーの議論の場面をもう一度振り返ってみなければならない。

「……お母さんが誰もいない部屋に入って行くのを見かけたことがあるけれど、時にその戸をいきなり開けたくなる気持ちになったことがあるんだ。でも、もしそこに誰もいなかったらと想像すると、ぞっとしたんだよ」

彼女はパッと目をあげて彼を見つめた。彼女は身震いした。彼の言葉に彼女が薄気味悪さを感じたからだ。（二七章）

むろん、彼の思い込みはジューリアに否定される。「芸術」に縁なき衆生は、それに身を捧げる人間の真の姿を理解することが出来ないでいる。彼らの目に映るのは虚空ばかり、ということになる。だが、かえって「芸術」に無縁なロウジャーの直観は、はからずも「芸術」（「見せかけ」）の使徒である者のいわば泣き所をついているとみなせないだろうか。だからこそ、ジューリアは身震いがしたのだ。女優として、妻として、母親としてのジューリアのこれまでの人生の意味が根本的に問われた、といってもよい。ここで彼女は、女優という特別な職業に従事しているゆえに、世間とだけではなく、家族とさえ隔絶してしまっている「事実」を直接的に目の前に突きつけられて、しばし、自分の心の動揺を隠さなければならなくなる。

しかし、幕切れで示されるように、人生の勝利者となったのは、もちろん彼女であり、女優としての偉大な名声は彼女のものである。明らかにモームの立場は、ジューリアの方にある。『劇場』の主要なテーマは、確かにそこに収斂するが、実はモームはそれに、孤独な人間の心のありようを絡めているのではないか、という印象を読者に与えている。すなわち、あえて芸術の道を、つまり女優あるいは演技者の道を選びとる（それは精神の自由を得て、われこそが自由の側につくことを意味する）。人間の払うべき代償は、すなわち孤独だということが、ここで示唆されていないだろうか。この作品では、そうした代償を払ってでも、「見せかけ」の中に人間の真実を見出さざるをえない女優ジューリアに寄せるモームの、同じ道を進むもの同士の共感があるように思えるのだ。

文学作品における人間の孤独というテーマは、かなり昔からあるはずのもので、とりわけ個人が重視され出した近代以後の文学にはしばしば内包されている。だが、それは、小説『劇場』の第一の主題とは言い切れないものの、古色蒼然としたようにみえる「通俗」作家モームを今日再評価する上で、こうした側面からの検討はかなり有効なものだと思われる。そういう意味では、モームの業績が、今になってようやく正当に評価され得る段階になったのではないだろうか。

註

（1）『劇場』のテクストとして、Heinemann の選集版を用いた。Maugham, *Theatre* (1937; rpt, London: Heinemann, 1979). 日本語による引用は拙訳であるが、次の既訳を参考にさせていただいた。龍口直太郎訳『新潮世界文学・モームⅡ』新潮社、一九六八年。なお、引用文の後の数字は原作の章を示している。

（2）Andrew Sanders, *The Short Oxford History of English Literature* (Oxford: Clarendon Press, 1994), p. 540.

（3）Francis King, *Yesterday Came Suddenly* (London: Constable, 1993), p. 182.

（4）モームの劇の上演は今日では少ないものの、後期の喜劇 *The Constant Wife* が一九九四年に Peter James の演出によって、Richmond Theatre 他でリヴァイヴァル上演された。

（5）Ian Mayes, *The Guardian*, 4 February1995, p. 28.
Giles Coren, *The Times*, 22 February1995, p. 39.
Robert Calder, *Willie: The Life of W. Somerset Maugham* (London: Heinemann, 1989), p. 325. 以下の「芝居絵」に関する情報は、上記の新聞、書物及び、筆者が演劇博物館を一九九五年二月二三日に訪れた時の体験にもとづいている。

（6）実際、演劇博物館での「モーム・コレクション」は一度にではなく、そのうち常時半数を展示公開という方法を取っていたようである。

（7）Maugham, *The Summing Up* (1938; rpt., London: Heinemann, 1976), p. 113. モームの演劇観、俳優観などは、主に三〇章から四二章にかけて述べられている。

（8）Raymond Mander and Joe Mitchenson, *The Artist and the Theatre* (London: Heinemann, 1955) in Ted Morgan, *Maugham* (New York: Simon and Schuster, 1980), p. 170. さらに、演劇博物館のモーム・コレクション室には、このエピソードを収録している Mander & Mitchenson の著書からの引用文が展示されていた。

（9）Bernard DeVoto, 'Master of Two Dimensions.' *Saturday Review of Literature* (New York, 6 March 1937), rpt. in *W. Somerset Maugham: The Critical Heritage*, eds. Anthony Curtis and John Whitehead (London: Routledge and Kegan Paul, 1987), p. 305.

（10）相良次郎『モームの世界』（評論社、一九七七年）二〇四―五頁。

（11）越川正三『サマセット・モームの全小説』（南雲堂、一九七二年）一三五頁。
（12）同書、一三七頁。
（13）Maugham, *Cakes and Ale* (1930; rpt., London: Heinemann, 1979), p. 244.

本論考は、立教英米文学会での口頭発表（一九九五年一二月九日）、立教大学文学部英米文学科紀要『英米文学』（第五七号、一九九七年）にもとづいている。また、日本英文学会・中部支部大会におけるシンポジウム「モームとグリーン」（一九九六年一〇月一三日）で発表した内容の一部も加味した。現時点で古い資料もあるが、内容を鑑み、ほぼ旧稿のままにした。

第八章
映画版『クリスマスの休暇』について
原作の映画的注釈の意味

Ⅰ　映画化された『クリスマスの休暇』

映画『クリスマスの休暇』（*Christmas Holiday*, 一九四四年製作一九四七年日本公開）は第二次大戦終結の前年、アメリカで公開されたが、当然、日本では終戦後まで、その公開は待たなければならなかった。新旧の米映画の輸入が一気に解禁されて少し経った頃、この作品が配給されたのである。

日本では終戦翌年に、ＮＨＫラジオの平川唯一の英会話講座が大きな話題をよんでいて、戦時下の米英文化抑圧の反動もあろうが、日本における英語ブームがすでに始まっていたのだった。その折も折、『クリスマスの休暇』の映画脚本の対訳が映画公開にあわせて発刊されたのである。映画パンフレットの発刊広告には、「日常米語の教材として天下一品。田村幸彦譯、送料二一圓、國際出版社」とある。この映画は、サマセット・モームの小説『クリスマスの休暇』(*Christmas Holiday*, 1939) を翻案したものであり、その脚本が日本人の手による戦後初の原作者モームの名を冠した広義の英語テクストであると考えると、以後長らく、モーム文学が

8–1 映画『クリスマスの休暇』パンフレット表紙 1947年

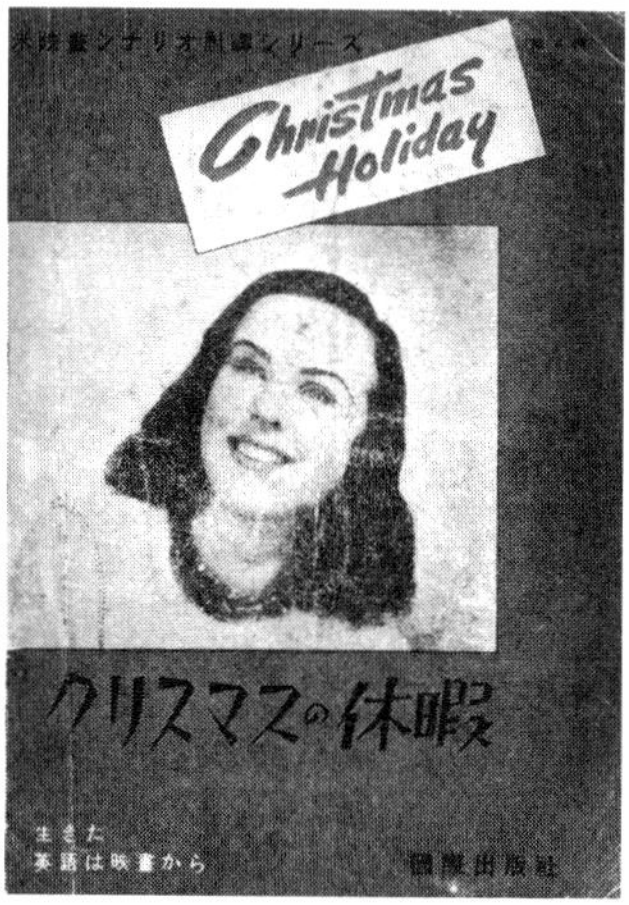

8–2 同シナリオ対訳本表紙
國際出版社　1947年

日本の英語教育に果たした意味を改めて検討したくなる向きもあろう。

戦時中の映画とはいえ、『クリスマスの休暇』は、いわゆる戦意高揚を目的にした映画では無論なく、サスペンス・スリラーを得意とするドイツ出身のロバート・シオドマク監督のものであり、現実逃避的娯楽映画(escapist cinema)の一本とみなされることもある。ここで、一九七四年に出版された年刊式の過去の映画の記録を簡潔にまとめた映画作品事典を見ると、『クリスマスの休暇』はスタイリッシュな演出や役者たちの好演によって、水準以上の出来栄えだと評価されている。(1) ところが対照的に別の映画事典では、否定的な評価だった。「……この陰鬱で退屈なメロドラマは、原作小説の下手なもじりでもあった」(2)。さらに、日本で一九四七年春に公開された当時の本作の批評はあまり、芳しいものではなかった。当時の新聞評から、やや長いが引用する。

ダービンは音楽映画ほどの溌剌味がなく、若さだけが役柄に適しているのをみて、深刻な環境に置かれて悩む若い人妻を演ずるほどの演技力に欠け、レヴュー女優臭が邪魔になりがち。……原作はサマセット・モウム。幸福なるべき結婚が、夫の殺人によって若い人妻を不幸に陥れる。そして妻が夫の行為に疑惑と不安を感ずるありさまが写されている前半はスリラー映画の影響を思わせるが、思わせぶりだけで当今流行の戦慄趣味を安易に取り入れたに過ぎないように印象される。夫の性格破綻ぶりの描写は、台詞に示されて漠然と判る程度で、『断崖』(*Suspicion*, 1941) ほどにも鮮やかではないが、この辺を巧く描いたら、深刻味を増したであろうし、殺人事件ももっと必然性を帯びて、物語の構成発展の便法の感じに止まらなかったであろう。……」(3)

ではここで、映画の梗概をみていこう。若いチャールズは北カロライナ州の高射砲学校を卒業し、少尉になりたての若者。クリスマス休暇にあわせて、サンフランシスコにいる結婚相手のモーナに会いに出かけるのを楽しみにしているが、突然、別人と結婚する旨の電報が届き、動揺し、事情を聞きに、現地に向かうことになる。しかし、天候不良のため、飛行機はニュー・オーリンズに不時着し、そこでクリスマス・イヴを過ごさざるをえなくなる。その後、ホテルのバーで新聞記者サイモンに声をかけられる。サイモンは、多少のシニカルなところはあるが、ほとんど無性格といってよい設定となっている。原作とは異なり、元々チャールズとの繋がりは何もない記者崩れのような男だ。

そこで、彼に案内された怪しげなナイト・クラブで、チャールズは歌姫ジャッキーという若い女性を紹介される。その後近くの教会のミサに行くことになり、彼女も興味を示し、ミサに参加する。やがて、その最中、彼女は泣き始める。不思議に思ったチャールズはレストランに誘い、事情を聞き始め、彼のホテルに一泊させる。その間、ジャッキーは次のような身の上話をする。ジャッキーの夫ロバートは終身刑で服役している。二人は、あるクラシック・コンサートで出会い、お互いが音楽好きであることを知り、好意を持つ。ロバートは地元の名家出身で、母と二人きりの生活だった。ジャッキーは母親にも気に入られ、結婚する。

新妻は次第に、彼には犯罪歴や悪い仲間との付き合いがあったのではないかとの疑念を抱き始める。母親は息子の行状などを知っているが、結婚によって息子がよい方向に向かう事を期待していたのだ。しかしやがて、殺人容疑をかけられて、収監され、終身刑に処せられる。裁判所で審判がほぼ確定した時、母親はジャッキーをいきなり殴りつける。だが、ジャッキーの心中ではかえってロバートへの愛は強められ、彼の留守中、生き抜くために怪しげなナイト・クラブで酔客を相手に暮らす仕事に身をやつしていたのだった。

しばらくして航路の再開により、出立しようとしていたチャールズは結局、サンフランシスコ行きはとりやめにして軍のキャンプ地に戻りかけていたのだが、ロバートが脱獄したのを知り、ジャッキーらが待つナイト・クラブに向い、そこで初めてロバートに会うのである。変わり果てた姿で現れた彼は、妻の「不実」や「堕落ぶり」をなじり、手にかけようとするが、直前、警戒に当たっていた警官に射たれてしまう。ジャッキーは、改めてロバートの自身への愛を確信し、直後、雲間から光を発する夜空の星を見上げながら、チャールズ、サイモンらの前で、初めて希望の表情を浮かべるのだった。

ここでは、いざとなれば、愛する人のために身を棄ててまでも、相手を想う気持ちを忘れずにいるジャッキーの一途さと優しさとがよく描かれている。一方で、ジャッキーの回想場面に映しだされる一見善良で、優しく、陽気なロバートの普段の言動からは、モームの原作にあるような夫の隠された暗部を観客に想像させることは難しいかもしれない。

Ⅱ　原作の梗概

モームの原作を知る観客は、同名の映画を見て、どこにモームがいるのかと思うことになろうか。登場人物の設定、関係性などは原作と一見同じように思われるのだが、物語の舞台はパリからニュー・オーリンズへと移っている。そこにはフランス文化の遺産があるからかもしれない。

ではここで、少し原作の梗概にふれておく。主人公チャーリー・メイスンは、イギリスの教養ある安定した豊かな中層階級の若者で、表現としては必ずしも正確ではないが、物語の傍観者的役割を与えられている。何世代か前に支配階級になり上がった家系の息子であり、父親は正式に職業に就く前にパリでの休暇期間を息子に与える。彼は今度の旅を楽しみにしている。しかし、パリで出会う昔馴染みの親友だった新聞記者サイモンの姿は一変しており、暴力と大衆の服従による恐怖政治の実現という幻想に囚われている。チャーリーが驚いたことに、サイモンは個々の善意、信頼、友情などすべての人間的価値を否定しているかのような信条の持主になっていた。

チャーリーがナイト・クラブで出会った小説のヒロインともいうべきリディアは感受性に長けた魅力的な女性だ。ロシアの難民の娘で、大学教授の父親は不当にもボルシェヴィッキによって殺されていた。チャーリーが理解できないのは、夫ロベールがいわば悪の魅力にとりつかれたような悪党だと知りつつ、とりわけ獄舎に繋がれた後、かえって自分を彼と同じ境遇に置くような苦しみを自ら課すことにより、彼の堕ちた魂を救済しようという点なのだった。

ここで、彼女の人格、人間性が最もよく表現された一例をあげてみる。後半の八章、自分には絵画の知識があると自負するチャーリーが、ルーヴル美術館でシャルダンの絵をめぐるリディアとの話の中で、自分の理解の底の浅さを感ずる描写がある。彼はここで、父親たちから受け継がれた中産階級的教養が単なる借り着だったことに不意をつかれたような動揺を覚え、自ら進んで不幸な生涯を送っているようにしか見えないリディアへの認識を新たにせざるを得なくなるのだ。

さて、休暇後、フランスから帰国したチャーリーを温かく迎える家族の元で、今後も彼は家族たちと同じような人生を歩むことになるのだろうか。そうではないだろう、それまでに見たことも経験したこともない世界を垣間見てしまったことで、「……自身の拠って立つ世界の基盤が崩れ去ってしまった[4]」ことを痛感するからである。ちなみに、初心な若者が似たような設定で、単身未知なる国に「武者修行」に出かけるモームの短篇（「人生の実相」）の結末は、本作の主人公が見出す世界とは正反対の皮肉なものであった。

Ⅲ　映画版の特質

『クリスマスの休暇』の原作（一九三九年）は、第二次世界大戦が切迫している最中に執筆出版され、当時の国際関係や政治、社会のリアルで深刻な雰囲気が反映している。だがおそらく、原作者モームがより力を込めようとしたのは、同一の人間に共存する対照的な要素、善と悪、理性と情熱、神性と悪魔性などの矛盾を抱え込んだ人物たちを目の当たりにしたナイーヴな若者がいかなる反応を示すかということだろう。パリでのクリスマス休暇に出かけるイギリス人チャーリーをいわば観察者に見立て、彼以外の三人の主要人物（リディア、新聞記者サイモン、夫ロベール）の生きる世界がどのように彼の目に映るかというところと、結果的に、故国に戻ったチャーリーの内面にいかなる影響が与えられるのか、という点だ。「この小説におけるモームの狙いのひとつは、このまったく異質な二つの世界の対比を強調すること」[5]なのである。

この点で、「世間を知らない思春期前後の青少年を主役とし、彼あるいは彼女が、初めて人生に直面し、そのような啓示を受ける過程を描いた小説を、人生入門 (initiation) の物語と呼ぶ」[6]とすれば、『クリスマスの休暇』は、モームの短篇「人生の実相」「変わり種」、また長篇『人間の絆』が、広い意味で「人生入門」のドラマとみることが可能だったことを思い出させるであろう。

ところが映画では、なるほど、原作のチャーリーに相当する青年チャールズは冒頭、サンフランシスコの婚約者から突然他の男と結婚したという電報にショックを受けるという彼の個人的なことが問題になっている場面があるが、映画の最初のエピソードが、恋愛映画的な様相の展開を先取りしているようで、面白いものの、これが彼にとっての「人生入門」の過程の物語だとはとても言い難いだろう。

映画は原作の大枠に拠りながら、サスペンス・スリラーそのものではなく、その形を借りた一種のラヴ・ロマンスを目指そうとしているようにみえる。映画はまた、若手の人気の演技陣を揃えて戦時下の観客が一夕の安らぎを得られるような作品として、成功しているといえよう。ジャッキー役のディアナ・ダービンの演技の生硬さが少し目立ち、ロバートを演ずるジーン・ケリーが楽天的な姿勢を際立たせていて、まるでミュージカル作品において今でもステップを踏みそうな雰囲気が漂いそうで、気になるところだが、それはそれで二人の演技の幅を知るよい機会であったろう。

ちなみに、ディアナ・ダービンは戦前、少女スターとして、『オーケストラの少女』（一九三七年）などの音楽映画において、その清楚な魅力、達者な歌唱力により、日本でも多くの映画ファンを獲得していた。やがて、戦後公開の『クリスマスの休暇』などにおいて日本の観客は、より本格的な演技が要求される映画のヒロインとなった彼女を目にすることになるのだ。ここではまた、ダービンの歌手としての実力を生かすような形で、ナイト・クラブで二曲のブルース調のポピュラー曲を披露するのである。ひとつは映画用の新曲「今年は春の到来が少し遅くなろう」(‘Spring will be a little late this year’)、もうひとつは、古くからスタンダード・ナンバーとして知られている「いつまでも」(‘Always’) という楽曲。どれもヒロインの哀切な真情をそれとなく語っているような名曲となっている。

一方、ジーン・ケリーはすでに本国で『クリスマスの休暇』の前、『カバーガール』（一九四四年製作、一九七七年日本初公開）というミュージカル映画で評価が高まっている頃だった。戦後はミュージカル映画史に残る傑作『巴里のアメリカ人』『雨に唄えば』などハリウッド・ミュージカル黄金時代の担い手となる。

では最後に、映画版『クリスマスの休暇』の特色についてまとめてみたい。上記で、映画の製作陣は、サスペンス・スリラーの形を借りた一種のラヴ・ロマンスを作ろうとしているようにみえると記した。逆に、音楽映画などで本領を発揮している俳優（特にダービン）が、そういう要素のない作品でよりシリアスな主要人物として、純粋な愛に「殉じる」恋愛劇の主役を演じる、というのが『クリスマスの休暇』観賞のポイントのひとつだったと考えられる。

映画の終盤、夫ロバートが息を引きとる前に、苦界に身を沈めてまでも、彼への偽りのない愛を忘れなかったということを彼が一瞬認識したようにみえた場面を思い出してみよう。ジャッキーがすでにことされたロバートを抱いた後、彼からやや離れ、窓際から遠く輝く星を見上げる。それまで孤独で不安だった彼女の人生に初めて一陣の光明が差しこんできたような穏やかな表情を浮かべる。そこにはひと滴の涙さえ流れていたのである。

そこが表面上、原作と映画の大きな相違のひとつだといえるかもしれない。流行のスリラー映画とみせかけたこの恋愛映画の実体は、戦時下のアメリカ国内外の人々の心を慰撫する役割を担っているだけでなく、かなりの程度まで、観客がこうあってほしいと願う男女の絆の理想と機微とを明快に語っているように思えるのだ。映画は、当時そのような役割を担わされていたのであり、これは多くの観客を虜にする映画という時間に制約された映像芸術の宿命でもあろう。

また、クリスマスの休暇中、原作、映画版各々で、チャーリーが初めてパリでリディアと、チャールズがニュー・オーリンズでジャッキーと出会う晩がクリスマス・イヴというのが何やら、原作とその映画版の中身の明暗を示唆しているように思われるかもしれない。何故なら、小説では、まさに第二次世界大戦の勃発前夜(イヴ)を背景にした物語だし、映画では、逆に第二次大戦のほぼ終結前夜(イヴ)の頃の作品であることを考えれば、両メディアの姿勢（描写）は、一層対照的にみえてくるからだ。

しかし、細かい設定などの差異は別として、原作と映画は全く別物かと問われれば、必ずしもそうとも言い切れないところがある。つまり、原作において、住む世界や恋愛観、芸術観などどれも理解しあえないと思われていたチャーリーとリディアが次第にお座なりではない対話を交わすようになると、互いが少しずつ心を開くようになっていくようにみえるからだ。実際、その辺の二人の関係の変化について、「やさしいチャーリーの心に湧く哀憐の心と、哀しい孤独なリディアの心にある縋るような信頼感との間の微妙な諧調が、行間から流れてくるのを感じるのである」との評言もあるのだ。(7) そこに注目すると、休暇が終わって、様々な感慨を抱いて帰国するチャーリーを駅で見送るリディアと彼との永久の別れの挨拶を交わす情景が意外にも小さくない意味を持ってくるだろう。

「……驚いたことに、女は泣いているではないか。彼は腕を彼女にまわして、初めて相手の唇にキスをしたのだった。彼女は身を振りほどいて、すばやくプラットフォームを離れていった。……」(8)

それを考えると、すでに述べた映画の、とりわけ最終場面の脱獄したロバートとジャッキーの再会・別れという設定には、該当人物は異なるが、必ずしも明確化されていなかった原作のテーマの一部がいみじくも描かれていた、ということになるのではないか。

つまり、原作のこの場面には映画中のラスト・シーンのジャッキーと夫ロバート（メイスン少尉ではなく）との永遠の別れの場面と二重写しになるからだ。その点で、私たちは原作にある「自身の拠って立つ世界の基盤が崩れ去ってしまった」という一見悲観的な作者の結論部分について、改めて考えてみたい誘惑に駆られよう。

注

（1）*Movies on TV 1975–76*, Edited by Steven H. Scheuer, New York: Bantam Books, 1974.

（2）*Halliwell's Film&Video Guide*, 1997 Edition, Edited by John Walker, London: HarperCollins Publishers, 1996.

（3）「映評――演技するダービン――ユニヴァーサル作品」新聞名不詳、一九四七年三月。

（4）Somerset Maugham, *Christmas Holiday*, Harmondsworth: Penguin Books, 1967, chap. 10, 252.

（5）行方昭夫著『クリスマスの休暇』作品論、『サマセット・モーム――二〇世紀英米文学案内⑲』、研究社出版、一九六六年、一〇五頁。

（6）相良次郎著『モームの世界』評論社、一九七七年、二一三頁。

（7）『モームの世界』二一四頁。

（8）*Christmas Holiday*, chap. 10, 242.

補注

映画の主な製作スタッフ記録

制作　フェリクス・ジャクスン
監督　ロバート・シオドマク
原作　ウイリアム・サマセット・モーム
脚色　ハーマン・J・マンキウィッツ
撮影　ウディ・ブレデル
音楽監督　ハンス・ソールター
挿入歌　「今年は春の到来が少し遅くなろう」（作詞作曲フランク・レッサー）
「いつまでも」（音楽アーヴィング・バーリン）

なお、本原作からの引用は既訳を参考にさせていただいたが、ほとんどは拙訳である。

参考資料（注に記した文献などは除く）

原文テクスト　Maugham, W. Somerset. *Christmas Holiday*. Harmondsworth: Penguin Books, 1967.

映画『クリスマスの休暇』DVD、ブロードウェイ、二〇一七年。

The Oxford Companion to Film. Edited by Liz-Anne Bawden. London: Oxford University Press, 1976.

Rogal, Samuel J. *A William Somerset Maugham Encyclopedia*. Westport, CT：Greenwood Press, 1997.

サマセット・モーム著、中村能三訳『クリスマスの休暇』新潮社、一九五二年。

越川正三著『モームの全小説』南雲堂、一九七二年。

『クリスマスの休暇』映画パンフレット（「アメリカ映画ＭＰＥＡ　ＷＥＥＫＬＹ」）、ＭＰＥＡ（アメリカ映画輸入協会）宣伝部、一九四七年。

『クリスマスの休暇』（米映画対訳シリーズ）國際出版社、一九四七年。

『アサヒグラフ 蘇った永遠のスター』臨時増刊号、朝日新聞社、一九七九年。

本論は、日本モーム協会二〇一七年度春季講演会にて発表した内容について補足をしたものである。

第九章

兵士に愛された小説

『剃刀の刃』における読者の受容について

I　第二次大戦期に登場した兵隊文庫の隆盛

終戦直後の国内の洋書事情について、かつて飯島正は次のように書いた。

……そして敗戦後、ふたたび本さがしもいそがしくなった。新橋よりの銀座の露店に、アメリカ軍の兵隊たちが棄てていった、兵隊用のポケット文庫版（これは横長の型だった）が、ドッサリとならんだからである。ぼくたちはひまさえあればそこに駆けつけて、山と積まれた安本の中から、探偵小説やハードボイルド本、そしてこんどはそれにくわえてニューロティック本を、先をあらそって、さがし求めた。……銀座の露店の兵隊版から掘り出した作家では、ウィリアム・アイリッシュが、一番の獲物だったこともつけくわえておく。(1)

飯島はグレアム・グリーンに戦前から注目してきた識者の一人だが、彼がこのように書く兵隊用のポケットブックというのは、'Armed Services Editions,' 日本では「軍隊文庫」「兵隊文庫」などと訳されている小型軽量の特色を活かしたペーパー・バックのことである。グリーンも何冊か同シリーズ中にある。同叢書は、アメリカ軍が自国の兵士用に大量に発行した文庫シリーズであり、無論一般では入手出来ず、無料で配布され、戦地に向かう兵士の心を慰め、あるいは戦意を直接的にも間接的にも高揚させるという目的があった。興味深いことに、文庫のサイズ（一六五㎜×一一五㎜）は、GIの軍服の胸ポケットに入るぐらいの裁断だったため、文字通り、心の友として本の役割があったのかもしれない。筆者は数年前に、本国のみか、日本の古書店のインターネットのリストや、イギリスの古書店のリストに挙がっているのを見た。必ずしも、当該の文庫が第二次大戦後各地に進駐したアメリカ兵によりその地で売り払われたとは限らないが、彼らが帰国前に読了した本をそこで、前述の回想にあるように処分したことが多かったのは十分想像出来る。

飯島はいわゆる娯楽小説の類を山のような兵隊文庫の山から掘り出しているが、実際そこに収められているのは、圧倒的に数の多いベストセラーやポピュラー作品だけではない。アメリカ作品を中心に、各ジャンルのものが一三二二点、一億二千三百万冊近い部数が、一九四三年から四七年にかけて、全世界で戦いに従事する

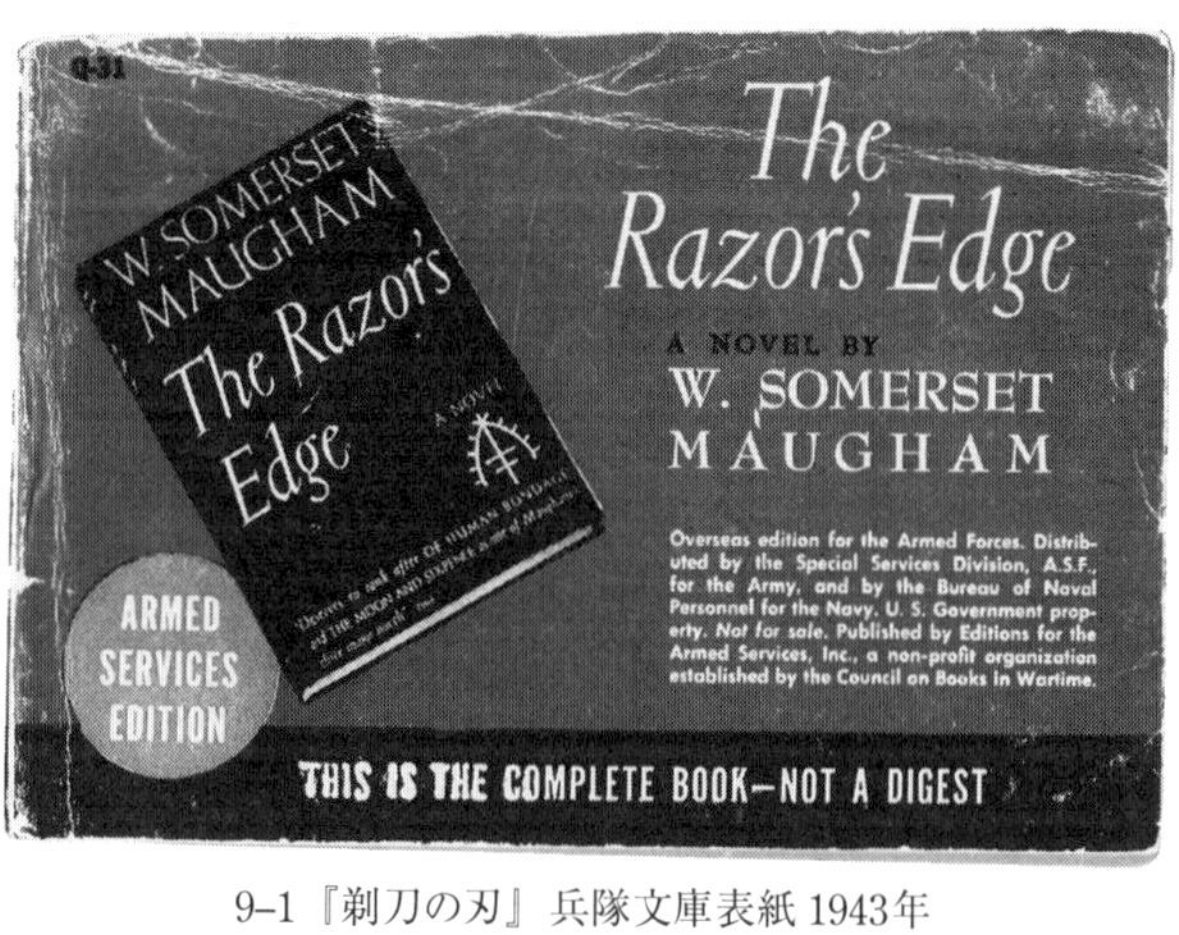

9–1『剃刀の刃』兵隊文庫表紙 1943年

兵隊たちのために発行され続けていた。フィクションに限らず戯曲、伝記、哲学、歴史、詩、外国文学とジャンルは多岐にわたっている。完全版と銘打つものや、短縮版を明示するもの、アンソロジーなど出版形態は様々だ。人気作は再版された。原則としてすでに発刊されているもののリプリントだが、一般市場に出回ると同時に兵隊文庫で出される現代文学も多かったようだ。

前置きが長くなったが、このシリーズの一巻にサマセット・モームの『剃刀の刃』(*The Razor's Edge*, 1944)が収録されている。[2] 他に、『人間の絆』(短縮版)、『月と六ペンス』、『サミングアップ』などがリスト・アップされていて、『剃刀の刃』は再版もされている。本作は完全版と銘打ってある。まず、同書の奥付を見てみよう。ダブルデイ社との取り決めにより出版、一九四三年、一九四四年マコール社の版権云々とあるが、出版年月は未記入である。兵隊文庫には各々シリアル番号が付され、『剃刀の刃』はQ31となっている。アルファベット順に発行されていたことからすると、一九四五年の三月頃に同書が発行された可能性が大きい。[3] 実際、原作のアメリカ版はダブルデイ社より一九四四年四月刊行、イギリス版はハイネマン社より同年七月に刊行された。[4] 兵隊文庫版『剃刀の刃』の表紙に、単行本の表紙が写っていて、そこに『タイム』(一九四四年四月二四日号)の同作の宣伝コピーが見える('Deserves to rank after OF HUMAN BONDAGE and THE MOON AND SIXPENCE as one of Maugham's three major novels')。

また、『剃刀の刃』はダブルデイ社版発刊以前に、モーム作品が多くそうであるようにアメリカの月刊誌に連載されていたのであった(一九四三年一二月号〜一九四四年五月号)。雑誌名は『レッド・ブック』[5] といい、女性誌の老舗マコールズ誌を傘下におくマコール社が発行元だった。手元にある一九四二年一月号の同誌を見ると、表紙に一三〇万部以上の発行部数と誇らしげに記載されている。なお、モームと雑誌の関連の問題は後述する。

しかし、『剃刀の刃』は果たして軍隊用に相応しい書物なのであろうか。また、本作が少数の読者相手の文芸専門誌ではなく、小説にかなりの頁数を割いている主婦層向けの大部数の雑誌に初出したという点も不思議な気がする。本論では、主として兵隊文庫との関わりに触れながら、この作品の受容の意味と作者の意図と思われるものを交錯させて、戦時下におけるモームの姿勢を探る。

二　第二次大戦下のサマセット・モームの小説

ヨーロッパ戦線において連合軍とドイツ軍との戦いの帰趨がほぼ見え始めていた頃、アジア太平洋戦線でも、アメリカ軍の圧倒的な勢力がアジア各地に日本軍を追い詰めていた、そういう時代にあらわれた作品が『剃刀の刃』である。モームは一九四〇年、長らく本拠にしていたフランスを脱出し、イギリスを経由して、アメリカに「疎開」をしていた。同地に居住しながら、すでに演劇界からは引退していたが（一九三三年）、途切れることなく、小説、エッセイ、ルポルタージュなどを書き続けていた。

ここで、モームの国家との関わりに少し触れる。彼は第一次世界大戦時に、赤十字野戦病院隊に志願し、その後諜報部員としての役割を積極的に担い、国家への貢献を秘密裏に行い、後年その体験が『アシェンデン』（一九二八年）として小説化され、モームの立場が世に知られたが、現実は彼がＭＩ６の一員だったことを最近までイギリス当局は公式に一切認めたことはなかった。ところが、二〇一〇年になって、イギリス情報部が研究者に託した過去の膨大な内部資料により、モームの役割が天下晴れて公認の事実となった、モームはスパイだったと。(6)

第二次大戦期においても、彼はイギリス情報省から作家として戦争遂行に協力を依頼されていた。『戦うフランス』(*France at War*, March 1940) という戦時下のフランス人のドイツとの戦いへの備えを称えたルポルタージュである。フランス人の戦争努力への称賛は、つまりドイツ軍の侵入に備えるべき立場にいるイギリス国民への鼓舞を意味していた。モームは一九二六年以来、この年まで南仏リヴィエラ海岸の風光明媚なフェラ岬に豪奢な邸宅ヴィラ・モーレスクを構え、そこを本拠にして世界中を旅していた。

『戦うフランス』出版後、ほどなくして起きたドイツ軍のパリ占領とともに、彼はフランスを離れ、故国に戻るが、それもつかの間、情報省の依頼にて「宣伝と親善の使命を受けて」(7)アメリカに向かうことになった。結局その後モームはほぼ六年間を大西洋の対岸の地で過ごすことになる。やがて、ヨーロッパ情勢は緊迫の度合いを一層強め、イギリス各地でドイツ軍による空爆が始まる。再び情報省より、今度は直接、戦意が高まっている(はずの)同国人の士気をアメリカ国民に伝える作品の執筆を要請されることになる。具体的には、「典型的な」イギリス人一家の銃後の生活を描こうとしたもの。最初は映画脚本として構想されたという。結局本作の脚本はクリストファー・イシャウッドが完成させ、一九四四年にパラマウントが映画化して封切った。(8)

情報省主導の本プロジェクトは、まず『レッド・ブック』に、一九四一年一二月号から『夜明け前の時間』(*The Hour Before Dawn*) と題して連載された。(9) 通常であればこれは連載終了後直ちに英米両国で出版されるはずの

9–2『レッド・ブック』表紙 1942年 1月号

ものであった。しかし、結局イギリスでの発刊は行われず、アメリカとオーストラリアで発行されただけだった。この小説は、国が依頼した一種のプロパガンダ目的の作品であり、自身の内在的なテーマを醸成させたものではなかった。モームはその出来に大いに不満があった。結果的に、後世に最も残したくないと思っている作品になり、モームは原稿そのものを破棄してしまったといわれる。[10]

ロンドンから離れた地方にいる元軍人の夫と妻、三人の息子（国防省の官僚、良心的徴兵忌避者、三男の少年）と娘、それぞれの連れ合い、その家族などの、戦時下の地方とロンドンなどにおける暮らしがエピソード風に描かれていく。しかし、銃後の家族の戦争協力と人物間の愛憎関係、人物造型が型通りに描かれているばかりで、物語が平板に見えてしまう。しかし、そうした人物像の中で、姉のジェインという明けっ広げで乱暴なものいいをするように見えながら、家族思いの人間的機微にあふれた女性とか、長男とフランス戦線で逃避行を繰り広げ、親しくなるロンドン下町出身の伍長の人間性は見事に描かれている。庶民階層の人物造型は例えばモームは、『お菓子とビール』（一九三〇年）で下宿の女将ハドスン夫人の造型を通してその機微を存分に描いていたことが思い出される。また、ロンドン空襲下での防空壕の中で退避している市民たちの人間模様など、戦時を生き抜いた市民のドキュメンタリーとして一読の価値が見出せる。だが、モームの意図はそこにはなかったのだろう。

主要人物の中では一家の次男が戦争反対者として比較的興味深い存在になっているが、深い洞察に基づいた描写にはなっていないように思われる。戦意高揚の目的を持った作品中に徴兵拒否者を描くのは異色といえば、異色だが、結局、彼の結婚相手がオーストリアからの亡命者の顔をしたナチスのスパイで、空爆の手引をしたと分かり、妻を殺して自らの命を絶つ役目を負わされている。事実、一九三〇年代にイギリスで「王のために、国家のために銃はとらない」というスローガンをもった反戦団体があった。結局、イギリスがドイツとの戦争になると、加わっていた多くの人がそのスローガンを棄て、軍隊に入ったという。(11) モームはそのあたりのことを意識していたにせよ、良心的兵役拒否者として銃を捨て、代替の農業労働に従事した次男が、愛していた妻を自ら手にかけざるを得なかったという皮肉な状況は彼らしいものだ。しかし、国の危機にあたり、「自業自得の」状況に立たされた次男の描写からは、いささかでもプロパガンダ的な匂いがただよってくる。情報省依頼にモームがそのような形でしか応えざるを得なかったのだろう。ただそのために、作者の「反戦主義者」への姿勢がいささかおざなりになってしまっている印象が否めない。

『レッド・ブック』に掲載された『夜明け前の時間』の連載第二回（一九四二年一月号）にクローニン (A. J. Cronin, 1896–1981) が、アメリカ人読者に向かって、主にヨーロッパとの戦いへの国民への鼓舞を意図し、座して時を待つのではなく、行動を起こすべきだとの趣旨を記した 'What Can We Dare to Hope?' という時事エッセイを載せている。(12) まさしく、それはイギリス情報省がアメリカ国民に向かってモームに「語って」もらいたいことであった。結局、同じ号に肩を並べて小説と記事を載せていた両作家のうち、クローニンの一回の記事がより明快なプロパガンダ的役割を果たしたといえるのは皮肉である。クローニンはスコットランド出身の医師でもあるが、前年に『王国の鍵』(*The Keys of Kingdom*) というベストセラーを発表したときの名士でもあった。兵隊文庫のリストには、クローニン作品から『王国の鍵』他五点が挙げられている。『レッド・ブック』一月号が店頭に並んだのは、一九四一年の一二月なのだが、真珠湾攻撃への話題が触れられていないように見

9–3『レッド・ブック』表紙 1942年 4月号

えるのは、同誌一月号が十二月七日以前の発売であったか、真珠湾後であっても、すでに一月号の編集が終わっていたかのどちらかであったからであろう。

三　『剃刀の刃』に込められたもの

モームは日記風覚書『作家の手帳』の一九四四年のセクションにて、「何年か前に、あと四本小説を完成させた後は、小説の執筆はやめようと決心した。ひとつは書いた。戦争小説はその数には入れない。戦争協力の一環としてアメリカで執筆するよう要請されたのだが、それは実に骨の折れる仕事だった」[13]と書いた。戦争小説というのは、むろん『夜明け前の時間』のことである。そして文中の「ひとつは書いた」というのは、すでに前年中に執筆し、『レッド・ブック』に連載され書籍化された『剃刀の刃』のことだ。同作は、この時期に大いに売れ、モームの生涯の作品歴で最も読者数を得た作品の一つとなった。兵隊文庫においても、版を重ねたほどの人気作であった。

小説は、一種の求道小説の趣がないでもないが、ラリー・ダレルというアメリカ航空兵が、第一次世界大戦下、自分の身代りになって死んだアイルランド人の戦友の面影が脳裏を離れず、それが深い「傷」となって、いわば社会からの離脱者となり、前線から帰還後の彼の人生を一変させ、婚約者をはじめ、周りの人間の生き方に大小のさざ波を立たせるようになっていく。舞台はシカゴ、ロンドン、パリ、南仏、その他ラリーが巡るヨーロッパ各地、そしてインドである。恐らく、『人間の絆』を除けば、構想、舞台、時代の幅など、モームにとり最大規模の小説であり、作者が自らの意図でぜひ書かなければならなかった小説ということになる。

読者は本章を読み飛ばしても、私が語るべき話の筋をたどれないことはあるまいと予めお伝えしておくのがよかろうかと思う。というのも、大部分がラリーと交した対話のみで出来ている章だからである。しかし、一方、この対話部分がなければ、恐らく本書を書く意味などないだろうと思ったこともお伝えしておきたい。(14)

これは、全七章の構成の物語の後半で（第六章）、モームの分身的な語り手（名前も同じモームで作家である）が、本作を書かざるを得なかった事情を述べているところ。驚くべきことに、この引用部が第六章第一節のすべての内容なのだ。話はこの後すぐに、第二節に移る。語り手＝モームは、ラリーがインド・ヒマラヤ山中に籠もり、「真理」の奥義をつかみ、悟りを開くにいたったラリーの話を延々と続けることになる。ストーリー・テラーを売り物にしているモームの作品にしては、そうした要素がほとんどなく、確かに読者はここを飛ばして、その後の章に飛んでも話の了解は出来よう。しかし、ラリーとの対話部分に触れなければ、本書を書く価値などがあるとは思いもしなかったろう、と言うのである。読者にここは読んでもらわなくても結構だという作者も珍しいが、逆に多くの読者に見放されても、自分には書く価値のあるものがあったのだ、と仄めかすモームの「謙譲」には、逆に並々ならぬ作家としての自信が見え隠れしているように思われる。あるいは、こういう短い警句的な文章により、かえって読者は食いついてくるものだ、というしたたかな計算が隠されているかもしれないのだが。

ここで、原作が執筆された背景、扱われた素材などについて考察してみよう。テーマは、すでに一九二一年に発表されていた「エドワード・バーナードの没落」('The Fall of Edward Barnard') に本作の萌芽があり、出版も上演もされなかった『登り坂』(*Road Uphill*, 1924) というモームの舞台劇案にもそれがありそうである。

前者では、南太平洋の小島に派遣されたアメリカ青年がその島の自然にすっかり魅了され、シカゴに二度と戻らない、そこで待つ恋人のところにも帰らないなどと、文明社会との決別を宣言する若者に、『剃刀の刃』の主人公ラリーの原型があるのである。後者の舞台劇の方については最近出版されたモーム論(15)の中で貴重な紹介がなされているので、本稿では省略するが、『剃刀の刃』の劇的構成と人物描写をよりはっきりと思わせるストーリー展開が見られる。二作とも『剃刀の刃』のテーマの前触れとして受け取ることが出来よう。伝記的にみると、モームは、一九三七年から三八年にかけてインドに旅行し、神秘主義に強い関心を寄せたことがある。あと少しで第二次世界大戦の火ぶたがきられる頃だった。彼のその方面への関心は後に聖者に関するエッセイなどにも結実する。

古いヨーロッパ文明下で大いにその人生を謳歌するエリオット・テンプルトン（ヒロイン、イザベルの伯父）および新しいアメリカ文明の下で国家とともにその繁栄の担い手となるべきイザベルと夫グレイ・マチューリンらの人生と、ラリーの辿る精神世界とがくっきりと対比されている。熟爛した優雅なヨーロッパ的旧世界にしがみついている時代遅れのエリオットや、イザベルたちがその価値を疑わない「生産性」「物質的豊かさ」を一義とするアメリカ的生活様式から一切背を向けて、我が道を行くラリーの生き方に作者の焦点があてられているのだ。ラリーの人物造型のリアリティのなさはしばしば論議の的になるものの、また例の本作六章の哲学的神学的議論への理解のほどはともかく、豊富なエピソード、ストーリー・テリング上の時制の巧みな移動、人間の真の生き方を探求して彷徨する主人公に託された重いテーマ、各登場人物の見事な描写など、これらが世界戦争まっただなかにいる当時の多くの読者の共感を勝ち得たことは察しがつく。本作刊行時の書評にはただし、賛否様々な見方があったとしても。[16]

本作にて、戦争に直接言及されるのは、前述のラリーの九死に一生を得た体験がわずかに語られるだけで、その他きな臭い場面はほとんど出てこない。しかし、私が本稿をモームと戦争というテーマに結び付けるためには、モームの作家的、芸術家的姿勢とは少し別の観点から考察をしなくてはならない。戦争中に執筆された『剃刀の刃』は果たして、どのような状況下で受容がなされたのであろうか。戦後になって初めて本作がベストセラーになったのではなく、戦争の最中に発行されて、すぐにベスト・セラーになったことの意味を探りたいと思うのだ。

四　『剃刀の刃』出版の経緯と受容

『剃刀の刃』は、米英で発刊後、最初の一カ月でたちどころに五〇万部の売り上げがあったという。[17] モームにしても、めったにないほどの商業的成功をみたのであった。一三〇万以上の部数（一九四二年の頃）を誇っていた『レッド・ブック』連載での評判があったことも手伝っていただろう。ここで、注意しておかなくてはならないが、『夜明け前の時間』が表現の変更も含めて、短縮された形で同誌に数回連載（一九四一年一二月号〜一九四二年四月号、一九四二年六月アメリカ版書籍発刊）されていたことから類推すると、『剃刀の刃』の『レッド・ブック』での連載版（一九四三年一二月号〜四四年五月号、四月にアメリカ版発刊）も短縮されていた可能性が強い。「モーム」とラリーの対話だけからなる第六章などは、果たしてモームの「豪語」にも関わらず、すべてが収録されていたのだろうか。完全に収録されていたにせよ、短縮されていたにせよ、モーム（と編集者）の意図をさらに考察する上で、もし『剃刀の刃』収載の『レッド・ブック』のバック・ナンバーが発掘されることになれば、今後興味深い課題を提供することになろう。

『レッド・ブック』は、この当時主婦とその家族を読者層にして、様々な作品（短篇、連載小説、読み切り中篇＝五万語程、時局記事、エッセイなど）を収載し、一冊の長篇小説本が二〜三ドルの頃、わずか二五セントで当代の著名作家の最新作を読むことがセイルス・ポイントの月刊誌だった。姉妹誌の『マコールズ』が小説のみか、エッセイやファッション、料理など実用的な記事をあわせて収載していたのとは異なる編集方針があった。作家はダシル・ハメット、アガサ・クリスティらの他、『お菓子とビール』で徹底的に揶揄されていた作家ヒュー・ウォルポールらが寄稿していた。彼とモームの作品が並び、文字通り呉越同舟という号があったかもしれない。

とりわけモームは一九四〇年前後からしばらく、この雑誌からの依頼が多かった。『夜明け前の時間』の他、長篇『クリスマスの休暇』（一九三八年）、中篇『山荘にて』(*Up at the Villa*, 1941) が連載され、エッセイ、短篇が執筆されていた。やがて、モームのアメリカ時代の、そして、作家として後期の重要な作品となる『剃刀の刃』が大戦末期に同誌を飾ることになる。

ところでモームには、不本意だったプロパガンダ小説の執筆以前から、戦争や愛国心といった問題に関わる人間たちの悲劇的状況を描いてきた作品があったのである。例を挙げると、初期の小説『英雄』(*The Hero*, 1902)であり、劇作家としての経歴の終わりに近い戯曲の一本『報いられたもの』(*For Services Rendered*, 1932)であり、また喜劇の『夫が多すぎて』(*Too Many Husbands*, 1919)(18)なども間接的に戦争批判を含んでいたと言ってよい。『剃刀の刃』では、戦争の影は間接的にしか描かれていないが、主人公の生き方を一変させてしまったのが、戦友の身代わりの死に遭遇したことがきっかけだったという点、やはり読者への「戦争」のインパクトは大きい。この作品を読む家庭の母親、あるいは父親たちは、自分たちの息子（娘）を遠い戦地に送っているはずだった。全体として、読者はこれまでのモームのように物語の構成の卓抜さと特徴的な人物造型が際立っているところ（それらがラリーの回心部分を覆っている）に強く惹かれていただろう。だが心情的には、戦前に生きた私たちの祖父母の世代がそうであったように、彼らは自国軍の勝利と肉親の無事を願いつつ、作中の「平和主義」的世界観に心の拠り所を見出していたのかもしれない。

ここで最後に、『剃刀の刃』が兵隊文庫で再版されるほどの人気作となっていたことに改めて触れておきたい。本論の最初に述べたように、同叢書は、時に短縮されたものもあるが、あらゆる分野の作品が市場で売れているのと同じ内容で印刷され、戦地の兵士に送られた。ベストセラー、娯楽作品が目立っているが、むろん、同文庫を管轄する委員会の指針はあった。「連合国軍に対して、またいかなる宗派や人種、いかなる職業に対しても害となる発言や姿勢を含んだもの、『アメリカ民主主義の精神』に背いている本は認可されなかっ

た」[19]が、一方、時に共産主義に同情的だと批判される作品も認可されることがあった。概ね、委員会の認可基

準は現在想像される以上に緩やかなものだったようだ。

連合国軍対枢軸国軍（すでにイタリアは降伏していた）の戦いが最終段階にきていた一九四五年にいたって、ヨーロッパ戦線、アジア太平洋戦線などで、『剃刀の刃』を手にする兵士は多くいただろう。その年の前半、銃後の家庭にいる『レッド・ブック』の愛読者が『剃刀の刃』を毎号心待ちにしていたのと軌を一にするように、作品は戦地で読み物に飢える多くの兵士の心を掴んだのだろう。さらに、一九四四年の後半、ベストセラーになっていた『剃刀の刃』が読まれた後、戦地に「送られた」ということもあったはずである。[20]しかし、彼らはラリーのようにそれを読んで銃（現世）を投げ出すこともなかったのである。

それでは、モームの真の意図は何だったのだろうか。『剃刀の刃』は、もちろん前作のプロパガンダ小説と異なり、作者のより内在的なものからきている。長年、温めに温めぬいた構想、テーマに基づいている。だが、『剃刀の刃』の構想の萌芽は、二〇年代の短篇と未刊の戯曲にあるだけではなかった。それは、他の大小の作品（『月と六ペンス』、『人間の絆』、「変わり種」、「凧」……）に見られるモーム生涯の一つのテーマ──自由な精神への関心、物質的世俗世界への反発する人間の生き方への憧れ──と明らかに共通点があった。いみじくも、物語の前半（第二章第四節）、価値観の相違をめぐってラリーがイザベルと議論する個所があり、その後二人は婚約を解消するわけだが、そこで述べるラリーの想いを引用する。

「……精神の生活というものが、どんなにわくわくするものなのか、また経験する上でも、どれほど豊

かなものなのか、君に分かってもらえるといいのだがな。……それに似た感じが、一つだけある。たったひとりで飛行機に乗り、果てしなく高く舞い上がり、無窮の空間に包まれるときのような感じだよ。いわば、果てしない空間にうっとりしてしまうわけだ。どんな権力、栄光とも決して交換しようとは思わないような爽快な気分になるものでね。……」[21]

この作品は、現実の資本主義の隆盛、大量消費社会の中心地となっているアメリカ合衆国の参戦の大義を説く方向、それは奇しくも、『レッド・ブック』においてクローニンがモームの作品と同一の号で説いていたことだが、それとはどうしても反対にならざるを得ない立場にあったのである。

9–4 モームの写真 1946年頃

しかし、そこに、モームのある種「平和主義」的生き方への肯定、憧れが垣間見えるにしても、政治家でもない、社会改革家でもない、当代随一の面白い話を語る小説家モームには現実世界を動かし得る力はなく、そのつもりもなかったといってよいだろう。兵隊文庫の管理委員会が『剃刀の刃』を兵士が読むものとして認め、再版までしたのは、モームが英語圏で最も著名な小説家であり、兵士の娯楽と教養に資する「一介の」作家であることを見通した結果であり、本作におけるモームの思想の危険の程度は戦時下の国家にとっても無視し得るものだったということだ。逆に、文豪モームの作品だとはいえ、プロパガンダとしても中途半端だった『夜明け前の時間』を管理委員会が採用しなかったのが興味深い。[22]彼らの一つの見識のように見えるからである。本当のところは、母国での発刊を許可しなかったように、モーム自身が兵隊文庫への転載を許可しなかった可能性が強いにしても。

注

（1）飯島正『ぼくの明治・大正・昭和』（青蛙房、一九九一年）、一三三―一三四頁。一部表記を変更した。なお、同書の引用箇所は岩崎正也著『日本におけるグレアム・グリーン書誌』（彩流社、二〇一〇年、一七二頁）に教えられた。'Editions for the Armed Services, Inc., a non-profit organization established by the Council on Books in Wartime' が「出版元」となっている。上記の Council が目指したものは、書物を「思想戦」における武器にすることであった。John Y. Cole, *Books In Action* (Washington: The Library of Congress, 1984), 3.
（2）Cole, 8.
（3）Raymond Toole Stott, *A Bibliography of the Works of W Somerset Maugham* (Edmonton: The University of Alberta Press, 1973), 138–140.
（4）Stott, 139.
（5）『レッド・ブック』(*Redbook*) は一九〇四年創刊の月刊誌。この頃の同誌には現在と異なり、小説主体の編集方針があった。注（12）を参照。
（6）Keith Jeffery, *MI6: The History of the Secret Intelligence Service 1909–1949* (London: Bloomsbury, 2010).「S・モーム、スパイだった」『朝日新聞』（二〇一〇年九月二四日）、第六面。
（7）行方昭夫『サマセット・モームを読む』（岩波書店、二〇一〇年）、二〇四頁。
（8）Samuel J. Rogal, *A William Somerset Maugham Encyclopedia* (Westport, CT: Greenwood Press, 1997), 96.
（9）同誌一九四二年一月号及び四月号で確認する限り、後のダブルデイ社初版のタイトル ('The Hour Before the Dawn') とは異なっている。

（10）Stott, 135–137.

（11）Rogal, 96.

（12）A. J. Cronin, 'What Can We Dare to Hope?' *Redbook* (New York: McCall Corp., January 1942), 56–57.

（13）Maugham, *A Writer's Notebook* (London: Pan Books, 1978) 321.

（14）Maugham, *The Razor's Edge* (New York: Editions for the Armed Services, Inc.) 295.

（15）行方、一四〇—一四一頁

（16）Anthony Curtis and John Whitehead (ed.), *William Somerset Maugham: The Critical Heritage* (London & New York: Routledge & Kegan Paul, 1987), 352–357.

（17）Rogal, xvii.

（18）アメリカ版のタイトル。イギリス版は *Home and Beauty* となっている。

（19）Cole, 6.

（20）『夜明け前の時間』初版の裏カバーに、読み終えた書物の寄付（米軍宛）を読者に依頼する文言が載っている。Maugham, *The Hour Before the Dawn* (New York: Doubleday, Doran and Company, Inc., 1942).

（21）William Somerset Maugham, *The Razor's Edge* (London: Vintage Books, 2000) 78.

（22）旧東京宝塚劇場は終戦後、GI専用のアーニー・パイル劇場として接収されていた。その四階に、「米国の各方面の分野に渡つての図書が二万冊兵士等の読書慾を満足させるように」豪華な図書室があったという。見学した著者（後述）は「兵隊の慰安図書といへば、落語や講談ばかりの内容の無い吾が国のそれ等に比べて、一寸としたパンフレット様の物でも古典あり科学文化学芸等々粒選りのものが多い」と感嘆しているが、この一文には、被占領地における国民感情の屈折した想いが反映していると見るべきかもしれない。ただ、アメリカ軍の書物文化に対する姿勢が見られるものとして挙げておく。村山しげる「アーニイ・パイル物語り」（『モダン日本』一七巻五号、新太陽社、一九四六年七月）。同文は以下に所収。山本武利（編集代表）『占領期雑誌資料大系——大衆文化論Ⅰ』岩波書店、二〇〇八年、二七七頁。

本稿は、津久井良充、市川薫編著『平和を探る言葉たち——二〇世紀イギリス小説にみる戦争の表象』（鷹書房弓プレス、二〇一四年三月）所収の拙論に若干の改訂を加えたものである。なお、本論の作成にあたっては、以下の文献も使用した。

Brown, Ivor. *W. Somerset Maugham*. London: International Textbook Company Ltd., 1970.
Walker, Nancy A. *Shaping Our Mothers' World. American Women's Magazines*. Jackson: University Press of Mississippi, 2000.
McCall's: Partial Contents Sample. New York: McCall Corp., 1940.『マコールズ』の見本誌。姉妹誌『レッド・ブック』の商品説明が一部見られる。
Redbook, New York: McCall Corp., April 1942.

第一〇章　モームの「変わり種」における異質なる者の姿

芸術は、強いワインのようなものなので、それに耐えるためには、しっかりした理性が必要になってくる。（「変わり種」より）

Ⅰ　映画版「変わり種」が描ききれなかった要素

サマセット・モームの「変わり種」（'Alien Corn'）は彼の短篇集『第一人称単数』(*The First Person Singular*, 1931) に収められたもので、短篇にしては比較的長く、とりわけ、短篇においては簡潔さを尊ぶ普段の作者の姿勢とはいささか趣が異なっている。内容の詳細な検討は後述するとして、あるカントリー・ジェントルマンの一家の長男（ジョージ）が、立派な跡継ぎになることを期待されていながら、奔放な生活態度があだになり、最近オックスフォードを放校処分になっている。その彼の夢は実はコンサート・ピアニストになることであり、跡継ぎになるのが当然だとみなす親の気持ちを裏切ろうとする。家族の誰もが反対する中で、一つの妥協案が示される。二年間ミュンヘンで練習し、それでものになれば希望通りにしてやろう、駄目なら、一家の希望通りの道に進むこと、という取り決めである。やがてその猶予期間がきて、帰国したジョージの腕前が高名なピアニストであるマカートを前に披露される。演奏後彼に下された判定は、「たとえ、千年待ってみても」(1)一流のピアニストになる見込みはないというものだった。その直後に彼は猟銃により「自殺」する。これが原作の「表向き」の骨格となるストーリーである。

芸術家志望の人間の運命をモームは折にふれて描き、反俗的な生き方と、世俗的な生き方をする人間たちの葛藤を好んで取り扱ってきた。その意味ではそれほど新味がないのかもしれないが、しかし果たして、この原作はそれだけのものとして捉えられるのだろうか。本論では先ず、「変わり種」の映画版を取り上げることにより、改めて原作の錯綜した魅力を探る一端としたい。

10–1 映画『四重奏』より「異質なる者」の一場面

モームの名声が大西洋の両岸で隆盛を極めていた頃、イギリスの映画会社が彼の短篇に拠った一本の映画を企てる。一九四八年、「人生の実相」('The Facts of Life')、「変わり種」('Alien Corn')、「凧」('The Kite')、「大佐の奥方」('The Colonel's Lady')の各短篇（ほぼ三〇分前後）が一本のオムニバス映画 *Quartet* となって製作された（全二時間）。これはやがて、『四重奏』という題名で日本でも公開された（一九五一年）。モーム自身がプロローグとエピローグに解説者として書斎らしきところ（セット撮影）で寛いだ様子で登場し、自身の創作姿勢を淡々と述べる場面が加えられたユニークな映画であった。

映画中の「変わり種」は、一見原作の筋をなぞっているように見える。だが、原作を知る読者がこの一編を見ると、特異な存在である主人公ジョージの大叔父にあたるユダヤ人ファーディ・ラーベンシュタインが全く描かれていない、と分かる。また、原作では、ユダヤ系ドイツ人という出自を隠して生きるイギリス地方紳士階級の一家の欺瞞的な姿勢へのモームの皮肉が際立っているのだが、映画ではその片鱗もない。映画が語っているのは、骨格となる、若いジョージの芸術家志望の夢が打ち砕かれるまでの経緯が語られるだけである。映画の他の挿話（特に「凧」と「大佐の奥方」）と同様に、原作の意図を尊重していないようにみえるのだ。[2] 換言すると、映画の焦点は、演奏の判定にいたるまでのプロセスから醸し出されるサスペンスにあてられているのである。ジョージの演奏の場面において家族の表情のみか、演奏前にピアノの一部が画面手前に見える構図そのものが登場人物ほぼ全員の不安な心理を映し出しているのが強調されているところに、映画版「変わり種」の製作意図を垣間見ることが可能なのである。

原作と映画の相違点にいま少しふれると、原作にある一家のユダヤ的背景に絡む問題が映画では省略されている。当時の商業映画界では、おそらくユダヤ人に関わる問題に手を染めることには微妙な問題が孕んでいるとの認識があったのかも知れない。もっとも、アメリカではすでに自国のユダヤ人（差別）問題に正面から切り込む姿勢を鮮明にしているエリア・カザーン監督の『紳士協定』(*Gentleman's Agreement*, 1947) がほぼ『四重奏』と同じ時期に製作されていたのだった。その当時のイギリス人の意識については、一九四五年に発表されたジョージ・オーウェル (George Orwell, 1903–1950) のエッセイ「イギリスにおけるユダヤ人差別」('Anti-Semitism in Britain')、「ナショナリズム」('Notes on Nationalism')[3] などが参考になろう。

さらに、映画では、ジョージが修行するミュンヘンはパリへと場所が変更されている。戦後間もない時期の作品として、ドイツの都市を舞台にすることは（たとえ、その場面がセット撮影であったとしても）慎重に避けられたのであろう。また、映画には原作にないジョージの心境に深く同情する若い女性が登場している。

第二次大戦後、イギリス映画界は製作配給体制の充実、多くの才能ある監督、俳優たちの輩出活躍もあって、黄金期を迎えていた。『ヌーヴェル・ヴァーグの映画体系』などをその後上梓することになる映画評論家の飯島正（一九〇二～一九九六）は、戦前から戦後にかけてのイギリス映画の観客の「嗜好」について、一九五四年発行の雑誌に次のように記している。

「ともあれ、イギリス人は、まず映画を実利的に考える。彼等はまず、いろいろな意味での現実についての知識を獲得する手段として、映画を考える。……また、映画を社会生活の滑剤として、重要に考える。その意味で、映画はまず娯楽でなければならないと考える。映画が、いわゆる『芸術』であるかないか、というようなことは、第二義的な問題であるが、芸術的なものが娯楽にもなることはこころえているし、そういう場合こそそのぞましいのだということも知っている。しかし、極端な芸術至上者には到底なれない。……」(4)

大まかな発言にも聞こえるが、イギリス人気質、文化事情などに疎かった日本の戦後十年近く経過した時期の認識として貴重なものだったろう。それに関連して、『四重奏』公開時の日本での評価の一つは次のようなものだった。「いわゆるオムニバス映画の先駆。四つの小話に共通するテーマは、律義なイギリス人気質を軽いユーモアで描いた点にある」(5)という記述を挙げておこう。映画の内実はそれほど単純なものではないが。

ここであわせて、製作者シドニー・ボックス率いるゲインズバラ社がメロドラマ系の作品を主に扱っていたという事情をも考慮すると、『四重奏』の映画全体のモチーフが、観客に熱い議論を期待する類のものではなく、劇場での一夕の良質な娯楽を提供する、いわゆるウェルメイド作品を目指したものだと分かろう。すなわち、興行上の上映時間という物理的な制限の要素と内的制約の要素が働き、完成された作品が、原作のニュアンスから逸脱してしまったのは当然と言えるのだろう。

ここでまた「変わり種」の挿話に戻ると、映画は原作の内容のすべてを表現していないが、一人の若者が世俗的なものからすべて背を向け周囲の反対を押し切って、自分の道（芸術の世界）に進もうとして挫折するという原作の「表面上の」主要なストーリーは観客の脳裏にしっかり刻まれるはずだ。逆にまた、これは製作者、脚本家の意図にはなかったにせよ、皮肉にも、モームの原作を読んでいた当時の映画観客には、錯綜し、脱線的な挿話が随所にある原作の枝葉を取り払ってしまえば、「変わり種」という作品はこういうものだったのか、との感慨をもたらしたのではないか。未読の読者には、この映画がきっかけで、原作にふれる機会を持ったであろう。モームの名声に拠ったかのような『四重奏』の映画化から時をおかず脚本が出版されたゆえんもそこにある。(6)

だが実は、本論の趣旨は、モームの原作短篇のいわば枝葉のほうにもより注目がなされる必要があるのではないか、という観点にある。映画『四重奏』の「変わり種」のプロットを述べたのは、原作の一見ごった煮的構成の妙を再考させる糸口になるのではないかと考えたからである。

Ⅱ　芸術への幻想をもった青年の生き方の危うさ

この作品の主題のひとつは、芸術が人間にとってどういう意味を持つのか、という問題に絡んでいる。ここで、モームの半自伝的小説『人間の絆』に言及しよう。小説の中盤で、主人公フィリップ・ケアリは養い親の聖職者の伯父に自分の志望を打ち明けるところがある。彼はパリに行って、画家になりたいというのだ。伯父は、画家などは紳士のつくべき職業ではない、と猛反対する。その後、彼はパリの絵画学校で知り合った画家修業中の毒舌家クラトンからも、芸術家と紳士の人生は両立しえないことを聞かされる。手遅れになる前に、自分の才能の無さを悟って方向を転換したフィリップは、ついに地方の診療所の医師として世を渡っていくことになるのだが、ここで辛うじて彼は紳士の職業につくわけだ。そこには、もはや芸術にロマンティックな幻想を抱かなくなった主人公の人生の選択に、モームのリアリスト的側面が滲み出ている。

対照的に、「変わり種」のジョージは、自己の才能に否定的な判定を出され、二流の演奏家の地位に甘んじるのに我慢ならずに、自ら命を断ったことが暗示される。ここで、彼の才能が判定された後のピアニスト、マカートの発言をあげてみよう。

「……大切なのは芸術だけなのです。芸術に比べれば、富や地位や権力なんぞ、ものの数でもないのです」。

……「私たち芸術家だけに価値があるのです。私たちが、この世界に意義を与えるのですわ。他の人たちは、私たちの材料にすぎないのです」[7]。

ここに、おそらくモームの抱く「究極の」芸術観が見出されるかもしれない。長篇小説におけるその端的な例が、『月と六ペンス』の主人公のストリックランド像に見事に結実していたわけだ。そして、そこでの芸術家像こそが、まさに紛うことのない 'alien'（とりあえず、世俗を超越した「異質な者」という訳をあてたい）といえるかも知れない。

一方、「変わり種」では、ドイツのミュンヘン滞在中のジョージが、「結局のところ、この世の中で大切なのは、芸術だけですからね」[8]と、ピアニスト、マカートに先立って、同じことを言ってのけていたことに注目したい。その地で初めて、自分の居場所を発見し、精神の自由を味わった彼が、たとえ、一流の演奏家になる見込みを否定されたとしても、家族が期待するような紳士の道に戻ることは考えられないことがここで示唆されている。語り手は冗談だとみなしていたが、もし見込みがないと判定された場合は、ジョージは死ぬことさえ厭わぬことを口走っている。

ジョージは、イギリスではユダヤ人としてのみならず、家族の中でも居場所のない 'alien' であったが、ミュンヘンではそうではなかった、という。そこで初めて自分の居場所を見つけたと思ったのだ。しかし、彼が芸術の世界を目ざす限りにおいては、必然的に世俗からは「疎外された者」であり続けるしかなく、さらに、素質のない二流の演奏家の運命を享受するくらいなら、死を選ぶ方がよいとジョージは判断したのだろう。こうして、作品の題名の一部には、「異邦（人）の」といった意味の他に、「異質（者）の」、あるいは「疎外された（者）の」というニュアンスが込められているのが分かる。

一方、語り手は、ミュンヘンでのジョージとの対話の中で、「芸術は、強いワインのようなものなので、それに耐えるためには、しっかりした理性が必要になってくる」[9]などと、「芸術」に酔っているジョージの饒舌の原因を若気の至りのせいにしているような口調で述べていた。さらに小説の語り手は、上記の芸術至上義的なマカートの「他の人たちは、私たちの材料にすぎないのです」という言葉を聞いた後、次のような自嘲気味の感想を抱く。「私も他の人たちの範疇に入れられてしまうのはあまり嬉しいことではなかった。でも、こんなことはたいした問題ではないのだろう」[10]と。つまり、語り手は、ここで一歩離れた地点から芸術（家）を、常識的一般社会から皮肉な眼差しで見つめていることになる。この語り手の視線は、作者のそれと重なっていると言ってよいかもしれない。われわれ読者は、『月と六ペンス』における芸術家像に見られるように、一方で孤高の芸術家の姿が常識の世界の卑俗さと対比されていたイメージを思い浮かべるが、一方で、彼らの身勝手さ、独善ぶりなどが、ここで間接的な形で読者に印象づけられるようになっているのに注意すべきだろう。

ジョージはイギリスでの偽りの暮らしを離れて、ミュンヘンで初めて本物の人生にふれたと言っているが、彼とそこで出会った語り手が感じるのは、こうした、芸術に過度にロマンティックな情熱を抱き、芸術への幻想をもった青年の生き方の危うさであったに違いない。語り手を通して作者モームが賛嘆するのは、欺瞞的因習的な人生を拒否する若者の姿勢であろう。その意味では、少なくとも、真実は芸術家の側に、「疎外された者」の側に、「変わり種」の方にあると、モームは見ているのだろう。同時にまた、その裏で彼が皮肉ってみせるのは、そうした人間の中に見出される現実感覚の欠如だったともいえる。

Ⅲ　名脇役的人物の作中での役割

ここで、作品そのものに限定して、作者モームが事実上どのようなニュアンスをこの題名に込めていたのかを考えたい。形容詞（'alien'）には幾つかの意味が重ねられているようで、その内のひとつは、南英サセックスに居を構える主人公一家がユダヤ系ドイツ人の血筋をひいているという設定に関連している。当主のアドルファス・ブランド卿は、ドイツ文化をすて、ドイツ名を変え、しかもユダヤ系であることを隠し、伝統的イギリスの紳士の生活を保とうとする。カントリー・ジェントルマンの彼は、地元では名士であり、議員としての名声も高い人物として通っているのだ。ここで分かることは、一般的にユダヤ人がキリスト教圏のイギリスの文化、風土の中では「異邦人」であるという意味で捉えられるなら、題名の 'Alien' はこの一族の地位を暗示していると見ることが出来る。[11]

ここで、この一家のサセックスの屋敷、敷地の描写に目を転じてみる。語り手は、初めてそこを訪れた時の違和感を幾分回りくどく、次のように説明している。

ブランド一家の住まいは、黄鹿が動き回っているような、広大な敷地に建つエリザベス朝風の大邸宅だった。屋敷の窓からは、なだらかな丘陵を広々と見渡せた。……しかし、そうと知れば、ブランド夫人はきっと困惑しただろうが、一家の屋敷には、奇妙にも彼女が求めた効果がさっぱり現れていなかったのだ。イギリスの地方の屋敷という風情が感じられなかった。……美しいことは美しいが、そこに何の情感もわいてこないのだった。(12)

イギリス人である語り手は、今漠然とはしながら、ここには何か伝統的なイギリスの光景とは異質なものを感じている。アドルファス・ブランド卿一家は先祖伝来の（ユダヤ／ドイツ）文化を、イギリスのこの地方にそのまま持ち込もうとはせず、逆に、彼らにとって異質な土壌に、またその風土に、想像上（幻想）のイギリス風の地方紳士の屋敷と敷地の佇まいを整えていることに対して、語り手が当惑したような視線を向けているのである。ここで皮肉られているジョージの母親であるブランド夫人はカトリックに宗旨変えさえしていたのだった。

ここでもう一つ、一家のイギリス文化・言語に必死に同化しようとしているエピソードをあげておこう。物語の後半、ジョージの腕前の鑑定者として招かれたピアニスト、マカート女史を含めた家族、関係者一同がジョージのピアノの演奏を待つ間、語り手がふと感想を抱くところである。「その席についているのは、私以外は皆ユダヤ人だった。ブランド老夫人を除けば、全員が完璧な英語を操っていたが、イギリス人のような話し方ではない(13)」と感じ、別室などで聞けば、外国語が話されているように思えただろう、というのだ。語り手から見て一家の異邦人的資質は、少し前の引用部分とは対照的に、ここでは目に見えるものとしてではなく、聞こえるものとして、確認されている。すなわち、視覚とあわせて、聴覚の面からも、一家の非イギリス性は隠しようもなかったことになるのだ。

ここで、最近のモームの伝記作者セリーナ・ヘイスティングズも挙げている、イギリス人に同化しようとする夫人（夫も含む）の同族の人たちへの微妙な距離感を巧みに語っている場面を挙げておきたい。以下は、ブランド夫人の語り手との対話の一部である。

「……ロンドンに行くと、多くのユダヤ人に会いますし、何人かはとても素敵な方々です。あの人たちはとても芸術が分かる方々ですしね。フレディも私もそういう方とのお付き合いをわざと避けているのだなどと申すつもりは毛頭ございません。もちろん、私どもそんなことは決していたしませんわ。でもね、たまたまよく存じ上げていない、ということなのです。……」私は彼女の確信的なものの言いように驚嘆せざるを得なかった。(14)

夫人は同族の人間をはからずも「あの人たち」と呼んでいる。自らもその一員であることをまるで忘れたかのような口ぶりである。ヘイスティングズよると、モームは、ここでキリスト教徒が多数を占めるイギリス上流社交界の「さりげない、紳士ぶった反ユダヤ主義」と「ジョージの両親のように必死に自分たちの異邦人的出自を隠そうとするユダヤ人による反ユダヤ主義」という複雑極まりない問題を「見事なほど正確に映している」のである。(15)

さて今まで、この一家の異邦人的資質について、特にイギリス人である語り手の印象を中心に述べてきた。

今度は、中心人物のジョージの「ユダヤ／イギリス」の観念を見てみよう。語り手は、母親の依頼もあり、ジョージの二年間のミュンヘンでの芸術家修行の終わりかける頃に、彼を訪問する。ジョージはそこでは、すっかりボヘミヤン的人生の享受者に変貌しているようにみえる。ここで、長い告白が語り手に対して行われるのだ。

ジョージは今まで、イギリス紳士になるような教育を受けていて、紳士のスポーツなど好きでもないのに、好きなふりをしていただけで、イートン校やオックスフォードなどは「自分がいるところではないと思っていた」[16]のだという。すなわち、自分は期待される役割（'part'）をうまく演じていたにすぎない。見せかける（'acting'）のは、親の血筋なのだから、と。また、大叔父のファーディから、ユダヤ人の話をされた時はいつもいやで仕方なかったが、今では彼の気持ちがよく理解出来るというのだ。あれは一種の通人として異教徒の社交界で生き抜くための、安全弁だったのだ、と。

「……僕は、イギリス人が嫌いなのです。……イギリス人はえらく退屈で、融通のきかない人たちでしょう。決して、本心をさらけ出したりしないし、自由ってものが、精神の自由ってものが、てんでないのですからね。すごく臆病なのですよ。間違いをしでかさないかって。こればかりが心配でたまらないのですよ」。

「でも、ジョージ君、君だって、イギリス人だってことを忘れちゃ困るね」と私がつぶやくと、彼は笑った。[17]

ここでは、若いジョージの熱弁に一瞬水をさすような形で、軽く反論を加える語り手の冷静さが、作者モームのリアリスト的体質を暗示していて興味深い。

ジョージはまた、自分にはイギリス人の血は一滴も流れていないし、イギリス人になりたくもない、イギリスでは、彼の一家はいつも、ユダヤ人との交際を避け、イギリス人になりすましていたが、ミュンヘンのユダヤ人たちと一緒だと、自分の本性を出せるのだ、という。フランクフルトのユダヤ人たちを見た時は、「自分は彼らと一緒だなと感じた」(18)という感想を持つほどになっている。

「僕は、あのユダヤ人街の匂いや、生活感、神秘的なところ、ほこりっぽさやむさ苦しさがあるところ、それにロマンティックなところが好きなのです。そうしたものに憧れる気持ちは、もう僕の中から決してなくならないと思いますね。それだけが本物なのです。それ以外は見せかけにすぎませんよ」(19)。

今まで、父親たちが懸命に否定しようとしてみせたユダヤ人としての出自を隠すのではなく、逆に、自己のユダヤ人としてのアイデンティティを認めることこそが生命力に溢れた人生を示す確かな証しになるのだという点が、ここでのジョージの主張の核心になっている。

歴史的に見て、ヒトラーが政権についた翌年（一九三四年）あたりから、イギリスでは絵葉書、新聞、雑誌、ミュージック・ホールなどで、ユダヤ人をジョークの種にしたような発言、記述は見られなくなったという。これは国内のユダヤ人差別偏見が姿を消したということではなく、一時的に封印されたと見るべきことのようだ。[20] 作中の七〇歳を過ぎたファーディがその年代まで生き続けるとしたら、彼のような処世術はやがて、意味をなさなくしてしまっていただろう。ジョージが指摘しているように、彼の自己防御術――過度にユダヤ人を種にしたジョークを発することにより、異教徒の社交界に受け入れられたいとする意識――そうした処世は、彼が世に出たヴィクトリア朝後期以後の反ユダヤ主義が表面に出易い時期にこそ、かえって彼の狙う露悪的な姿勢の効果があったはずだからである。

しかし一体このファーディは作品全体では、どういう役割をもたされているのであろうか。とりわけ、読者が不思議に思うのだが、冒頭から、語り手はファーディの人間性をめぐる話をかなり長々と繰り広げてみせる。彼は、南アフリカ生まれで二〇代で渡英し、株の商いに従事し、親の遺産を継ぎ、その人間性と教養とダンディーぶりで、長く社交界でもてはやされてきた男だ。お偉方たちとの親交があり、独身だが高貴な地位の女性たちとの浮名を流すこともあるほどだった。彼の一代記を、あの諷刺画家、エッセイスト、マックス・ビアボウム (Max Beerbohm, 1872–1956) に書かせたら、そしてその伝記の挿絵をあのビアズリー (Aubrey Beardsley, 1872–98) に描かせることになったら、どんなに素晴らしいものになるかと語り手がもっともらしく説明するこの人物は、いわゆる海千山千の、長年にわたり人の世の浮き沈みを目の当たりにしてきた男だ。こうした人物はヴァリエーションはあるが、モームが好んで設定する人物として、幾つかの作品に登場する。後に、モームの最後の傑作長篇と言われる『剃刀の刃』(*The Razor's Edge*, 1943) で、脇役ではあるがたびたび読者の注目をひき、主筋や主役の影を薄くしてしまうことになる、優雅な社交生活を生き甲斐にしているエリオット・テンプルトンという通人の存在を思い出させる。

快楽主義者のファーディは、また人間観察が貪欲で、肉体の美の移ろいやすさの残酷さを感じる心を見せるような、屈折した人生観の持ち主である。例えば、彼が、世代の離れた美貌の二人の貴夫人の邂逅をお膳立てする逸話が紹介されるところがある。年若い方の夫人は、かつての絶世の美女であった公爵夫人との会見を済ませた後、急に元気を失ってしまう。彼女は公爵夫人に会ったことで「人間の美しさがうつろうものであることを、生涯で初めて感じ入ったからであった」[21]。この秀逸な場面は挿話的な扱いにもかかわらず、不思議にいつまでも強く印象に残る。

読者は、こうした稀代のダンディーがこの話の中心人物だろうと思い始めたところで、彼と縁戚関係のブランド家の話にやっとたどり着くのである。驚くことに、冒頭から続く彼の描写は作品全体の四分の一を占める。その後、小説の要点は、偽りの仮面を被った一家の親子間の葛藤へと移っていくのだ。ファーディの存在は、出自を無理やり塗布して、イギリスの地方紳士階級に同化しようとしている人々への皮肉な対照をなすものとしての印象を与えていた。だが、ジョージがピアニストを志して、一家の者をてこずらすようになった時、つまり、「一族の威信を損ねるような兆候が見え始めると」[22]手のひらを返すように両親の言い分の側についてしまう。イギリス紳士階級の一員になりすました一家と同様に、表面上、この人物も「イギリス紳士」になってしまったかのようである、ジョージに芸術家への道を断念させようとして。ちなみに、ファーディ(Ferdy)が、一家の長であるフレディ（Fredy というのがアドルフ卿の通称）とは名前の綴りが一字違いだというとが何か暗示的にも思える。

ここで、ファーディの、ジョージの両親への同調の理由を別の面から推測しよう。それは、彼がジョージの才能の無さにいち早く気づいたためと思われる。[23] ファーディは芸術家の素質の傑出した鑑定家でもあったので、ある程度、ジョージの腕前を見極めたうえで、両親の言い分の側についたという見方が出来よう。しかし、そのあたりの叙述が作中ではやや曖昧な趣になってしまっているのは否めない。

代わって、物語の後半部分の興味の中心は、ジョージの二年間の練習の成果を、故郷の身内の前でマカートに判定してもらうまでのサスペンスにあると言えよう。既述のように、そのプロセスを映画版は中心に置いたのだった。注意深い読者であれば、作者がその時点までに巧妙にはった伏線的な記述によって、すなわち、語り手がミュンヘンの安アパートの一室で聞いたジョージの演奏に何か一流の演奏家のそれとは異なる弱点を感じていた個所によって、マカートの判定の予測はつくはずだったのだ。次に物語が主人公の「自殺」を思わせるような結末に至ることに関して、映画版と比較して少し補足しておきたい。

映画はジョージの行動がより明確に観客に分かるような描写になっていたが、原作では「……銃には弾がこめられてあり、ジョージがそれをいじっている間に、偶然自分を撃ってしまったのだろう。そんな事故は新聞でよく見かけることだ」[24] という結末の表現から、自殺かどうかの判定が少しぼやかされているように見える。だが、それは越川氏の論文で指摘されているように、すべての都合の悪い事実を取り繕うとする一家の欺瞞性（必ずしもユダヤ人だからというわけではないが）を結末で暗示する見事な表現になっている。[25]

物語のテーマの面白さは、もともと金融業で財を成したというユダヤ系の新興実業階級の一家がイギリスの紳士階級に同化しようとして、俗物性をあらわにしつつ、反発した自分たちの息子をかえって「異邦人」の世界に追いやってしまった悲劇というようにも読めるところだろう。息子ジョージの死の責任は彼らが負わなくてはならないが、またすでに本論で示唆してきたように、現実を見据えずに、芸術（「幻想」）に目を向け過ぎた人間への作者の皮肉な眼差しをわれわれ読者は同時に見ることにもなる。

確かに、語り手（作者）の叙述の中には芸術の永遠性に対する強い希求が見られるのだが、実は、作者モームにはそのような希求以上に、現実の人間への強烈な関心がありすぎたと言うことが出来る。芸術への相当の鑑識眼がありながら俗物でもあるファーディの言動と彼に関わる部分の物語とが、当面の主題が一時かすんでしまうほど、生き生きと描かれ、読者の注意をひいてしまうのはそのためである。

モームが自家薬籠中としているこうした人物と主題などをめぐる問題は、どのような文体と言語認識で小説世界を構築するのかといった、二十世紀のいわゆる本流の小説家たちが抱えていた課題とは微妙にずれているかもしれない。だが、ファーディの存在と、一家の出自をユダヤ系の領主（例によって、映画版ではそれにはふれられていない）とする設定とがこの短篇小説の主題の展開に関わるある種の隠し味となっているとすれば、逆に、そこに卓越したストーリー・テラーとしてのモームのしたたかな芸術（文学）観の一端が示唆されているとみなせよう。

Ⅳ　ユダヤ系民族をめぐる二〇世紀の歴史と文化

最後に、短篇「変わり種」をめぐる歴史的事情とその受容について考察をしたい。物語を分析すると、この小説ではイギリス階級社会の中で暮らすユダヤ・ドイツ系の地方紳士階級の一家の、素性を秘めた生き方に焦点が当てられているように見える。これにはもちろん、西洋におけるユダヤ人の存在という歴史的社会的背景があるわけだが、少なくとも小説の文脈から見る限り、作者の視点は特定の政治的問題を論じるつもりではないことは明らかだ。元来、政治や社会を直接作品に反映させることが稀な作風のモームにしてみれば、にわかにこの作品で、ユダヤ人を主なテーマにした小説を書いたとは考えにくい。

もっとも、こういう意見も出されるかもしれない。作品中のミュンヘンのジョージによって語られるユダヤ人街にみなぎるボヘミヤン的な活気、ロマンティックな雰囲気は、後しばらくたつと、ナチスによって確実に消滅の運命をたどらされることを思えば、作者の意図はどうあれ、ここに歴史的ニュアンスを帯びた皮肉が感じられるだろう、と。

だが、今からみると明らかにユダヤ人への偏見があると受け取られかねない作品を書いたイギリスの新旧の作家たちと違い[26]、モームはたとえ過去の作品で、ユダヤ人をステレオタイプの人物として描いてきたことがあったとしても、またユダヤ系の特定の一家の成り上がり者根性だとか、ユダヤの出自を隠そうとする姿勢への皮肉が強調されることはあっても、彼らがユダヤ人であるという理由だけで、揶揄するような偏見からはこの作品は免れている。ここではただ、富裕なユダヤ人が、作品で設定されている時代の頃（一九三〇年以前）、イングランドやスコットランドの貴族の名前を使って、出自を隠そうとしていた[27]という歴史的事実が物語の背景の描写に反映していることを指摘するにとどめよう。

同作を収めた『第一人称単数』のイギリス初版本は一九三一年秋に、ドイツ語版は一九三五年に、英米著作品の廉価版出版で知られるドイツのタウフニッツ版は一九三二年に早くも刊行されていた[28]。ナチスは、この物語を人種差別の理論の例証として利用しようとし、ユダヤ人はどこの国に住みついても、いつも「異邦人」（'alien corn'）のままの状態だと断じた、という。[29]

もちろん、すでに述べたように、少なくとも同書でのモームには政治的な、あるいは差別意図はなかったはずであり、ユダヤの民の存在はどこにおいても「異邦人」だとモームは示唆しているわけでもない。作品の誤読というよりは、都合のよい曲解だったろう。英米で著名な作家の作品をドイツ側のプロパガンダに仕立て上げるために。同じように、ナチス・ドイツは第二次大戦初期にイギリスの人気作家P・G・ウドハウスを拘留した後、ドイツにおいてラジオのマイクロフォンの前に立たせて、一種の英米向けのプロパガンダを行ったことがある。本人はドイツ側の肩棒を担ぐ意図は全くなかったようである。この辺の事情は、オーウェルの「P・G・ウドハウスを弁護して」（'In Defence of P. G. Woodhouse', 1944）に詳しい。[30]

そして、「変わり種」は一九四八年にその映画版が製作され、ここでは、いわゆる反ユダヤ主義の問題は、全く影を落としていないことは冒頭で述べた通りである。ナチスの曲解とは意味が異なるが、より広い層の受け手に語りかける映画という媒体の限界があるにせよ、モームの原作の重層性が単純化されてしまった誹りは免れない。極端に言えば、当時のイギリス社会の深部に巣くう反ユダヤ主義の問題という危うい話は封印してしまうという姿勢として受け取られかねないのである。

その同じ年に、全米ユダヤ出版協会という十九世紀以来の歴史をもつ団体から、モームの「変わり種」他三篇を収録した書籍が発刊された。モームの他ジャック・ドゥ・ラクルテル、ジョン・ゴールズワージー、トマス・マンそれぞれがユダヤ人を劇中に登場させた作品のアンソロジーである。出版の趣旨は以下の本書カバーの記載が参考になろう。

> ……サマセット・モームも、ジャック・ドゥ・ラクルテルもジョン・ゴールズワージーも、トマス・マンも誰ひとりとして何かを証明するために書いたのではない。真実を記録するために書いたのだ。本書に見られるユダヤ人は、生きて悩みを抱える人間なのである。……ユダヤ民族の運命があらゆる新聞の一面を飾り、またあらゆる真面目な市民の関心を誘う今この時、見事で、生き生きとしていて、人間的な物語を含む本書は、人間同士の理解と正義の涵養に貢献し得るものである。……

本書の編者は、その「序論」にて、フランクフルトでジョージが出会ったユダヤ人の様子を叙述する際のモームの誤解とステレオタイプ的記述を批判しているが、[31]「変わり種」がこういう趣旨の作品集に収録するのにいかにもふさわしい作品だと評価したわけであろう。当然ながら、その意味で本作の捉え方がナチスのものとは対照的なものであることが歴然とする。引用中の「ユダヤ民族の運命があらゆる新聞の一面を飾り、……」というのは、同年のイスラエル建国をめぐる時代状況を指しているためにそこに

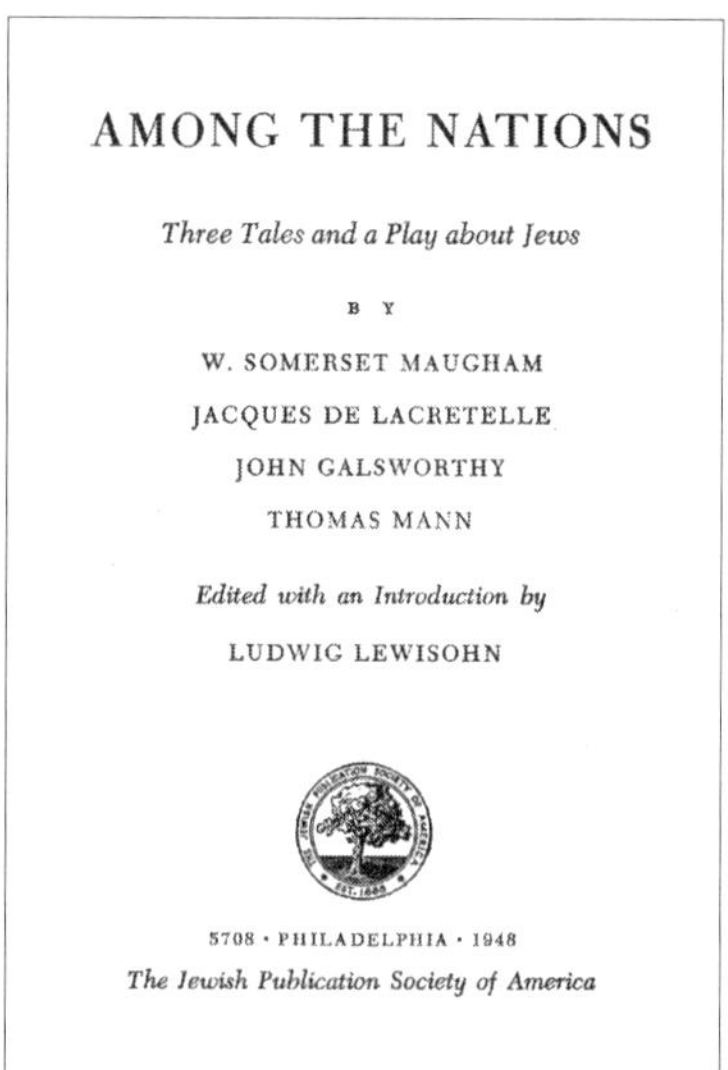
AMONG THE NATIONS

Three Tales and a Play about Jews

BY

W. SOMERSET MAUGHAM

JACQUES DE LACRETELLE

JOHN GALSWORTHY

THOMAS MANN

Edited with an Introduction by

LUDWIG LEWISOHN

5708 · PHILADELPHIA · 1948

The Jewish Publication Society of America

10–2 *Among the Nations* 表紙
The Jewish Publication Society of America, 1948

政治的なニュアンスが感じとれるのも興味深い。

生前モームは、大戦前大陸からのユダヤ人の難民を支援し、そして英米には多数のユダヤ人の親友がいると言っていたが、イスラエル建国には不賛成だったらしい。(32) 皮肉にも生涯、自身多くの矛盾を抱え、人間の一貫性の欠如を題材にしていた作家モームの面目躍如の感がある。「変わり種」のテーマは分析した通りではあるが、時にこの作品のように一見して複雑で韜晦的な印象を与えることがあるのは、彼のそうした一面を反映しているのだろう。「変わり種」におけるジョージの死に至る過程が一直線でないというような、モームの一見アンビヴァレントな語り方は、以上のような文脈から解釈することが可能であると思われる。

注

（1）William Somerset Maugham, *The Complete Short Stories* II (London: Heinemann, 1978), 562. 以下、「変わり種」からの引用はこの版による。すべて拙訳であるが、折りにふれて、龍口直太郎訳『十二人目の妻―モーム短篇集Ⅸ』（新潮社、一九六九年）を参考にさせていただいた。

（2）映画全体の特色については、本書「講演記録」参照。

（3）George Orwell, *Collected Essays* (London: Secker & Warburg, 1970) に所収。

（4）飯島正「イギリス映画の特質」『イギリス映画大観』（キネマ旬報増刊、通巻第九〇六号、キネマ旬報社、一九五四年五月）、三七頁。

（5）田中純一郎『日本映画発達史Ⅲ――戦後映画の解放』（中央公論社、一九七六年）、三八四頁。

（6）R. C. Sheriff, *QUARTET* (New York: Doubleday & Company, Inc.,1949). この脚本には四編の各台本にモームの原作が並列

して掲載されている。シェリフ (1896–1975) はイギリスの脚本家、劇作家、小説家。

(7) Maugham, 562.

(8) Maugham, 553.

(9) Maugham, 557.

(10) Maugham, 562.

(11) 題名の「変わり種」('The Alien Corn') という表現は、キーツ (John Keats, 1795–1821) の 'Ode to a Nightingale' (l. 67) に拠っているように思われる。「(お前の歌声は) おそらく、故郷恋しさに、遠い異郷の麦畑で／涙を流して佇んでいた、あのルツの心に／しみ通った歌声と同じ声であったに違いない」(傍点部引用者) とある。旧約聖書『ルツ』にあるルツという女性は、夫の死後、故郷を離れ、年老いた夫の母親に付き添い、彼女にとっては「異郷の」地であるベツレヘムに行って、姑に孝養を尽くす。女たち二人は、裕福な親戚の男の好意で、彼の地所の「落ち穂」を糧にして暮らすようになり、ルツはこの男と再婚する。

(12) Maugham, 536–37.

(13) Maugham, 560–61.

(14) Maugham, 540.

(15) Selina Hastings, *The Secret Lives of Somerset Maugham* (London: John Murray, 2009), 391.

(16) Maugham, 553.

(17) Maugham, 556.

(18) Maugham, 556.

(19) Maugham, 556–57.

(20) Orwell, 'Anti-Semitism in Britain', 308–9.

(21) Maugham, 532.

(22) Maugham, 548.

(23) 越川正三『サマセット・モームの短編小説群』(関西大学出版部、一九九一年)、一九一–二〇〇頁。

(24) Maugham, 565.
(25) 越川、二〇一頁。
(26) Frederic Raphael, *Somerset Maugham* (London: Sphere Books Ltd, 1989), 60–61.
(27) Orwell, 'Anti-Semitism in Britain', 310.
(28) Raymond Toole Stott, *Maughamiana* (London: Heinemann, 1950), 17.
(29) Ted Morgan, *Maugham* (New York: Simon & Schuster, 1980), 141.
(30) Orwell, *Collected Essays*.
(31) Ludwig Lewisohn (ed.), *Among the Nations: Three Tales and a Play about Jews* (Philadelphia: The Jewish Publication Society of America, 1948), vii–viii.
(32) Morgan, 142.

本論は、『小説研究』第一〇号（『小説研究』編集グループ、一九九九年）の「モームの『変わり種』を読む」に、新たに発掘された資料や最新の伝記の成果を利用して、大幅な加筆、改訂を施したものである。

第一一章　サマセット・モームの日本における受容について

第一講

I　モーム没時のマスコミの報道

以下は、サマセット・モームの日本での受容について、可能な限り資料に基づき、資料に語らせることで、その状況を概観してみる。ただし、「アカデミックな」論考の体裁にはなっていないことだけは確かである。いわゆるアカデミックな方向からのモーム論だけでは見えてこない点を浮き彫りにしようと思ったからである。

二〇一五年はモーム没後五〇年にあたる。モームの死去は東京オリンピックの翌年の暮れのこと。その年の一月下旬には世界大戦勝利の英雄チャーチルが亡くなったばかりで、イギリスにおいて国葬が大々的に行われたニュースは人々の記憶にまだ新しかったはずだ。彼とモームは実は生年、没年が同じで、二人の交流は長きにわたるものだった。また奇しくも、T・S・エリオットが一九六五年の一月上旬に亡くなっていた。モームの九一歳の誕生日（一月二五日）にあわせて、この老大家の近況を伝えるUPI電に添えられた『毎日新聞』の記事には「T・S・エリオットの死んだ現在、モームはイギリス文壇、いや世界の文学界の最長老といえよう」[1]とある。

当時、マス・メディアは放送、新聞が主体であったが、同年一二月一六日付の各紙でその訃報に接したモーム・ファンも多かったに違ない。例えば、『毎日新聞』大阪版夕刊は、UPI電（ニース）として、モームが一六日早朝死去したと秘書アラン・サールが発表したことを伝えている。

「皮相な人生哲学の持ち主」「ストーリー・テラーの巨匠」などといわれるが、作品の面白さは無類で、日本で最も人気の高い外国作家の一人だった。十数年前から小説の筆を折り、一九五九年旅行者として来日したことは記憶に新しい。[2]

同紙はあわせて劇作家木下順二の短い追悼文を載せている。一方、同紙東京版は、上記訃報に若干の晩年のモームのエピソードを加えたものになっているが、そこに木下の追悼文はなく、別面に中野好夫の「サマセット・モームのこと――九〇年の生涯、生き方の達人だった」と題する追悼の言葉を掲載している。『毎日』の大阪版の訃報欄は、たまたま筆者が高校時代に切り抜いていたものなので、もはや、大阪版にも中野の追悼文があったかどうかは調べがつかない。ちなみに、同日『朝日新聞』東京版夕刊には訃報とともに、朱牟田夏雄による追悼文が掲載される。探索出来たのは限られた範囲だが、当時のモームの翻訳、研究に最も関わりの深かった内の二人がその功績と人とを偲んでいる。

「棺を蓋いて事定まる」伝でいけば、『毎日』の追悼文には中野の文学上における長年の「盟友」への親身あふれる誠実な想いが語られているばかりか、当時の日本におけるモーム受容の一端をきわめて簡潔に示しているので、以下に紹介する。

あの流行作家、ベストセラー作家が、五九歳では劇作の、七四歳では小説の、そして八四歳ではいっさい著作の筆を絶つと、それぞれ宣言して、その通り実行したなどというのは、創作力の衰えた老醜をさらしたくないという心であったかもしれぬが、それにしても心憎い生き方である。……さて、モームの文学が将来どうなるかという問題だが、別にわたしは彼を大作家、文豪というつもりはない。……手法としても決してもう新しくない。古くさいとさえいえよう。……だが、おそらく彼の作品は今後も長く文豪と呼ばれてだれにも読み通してもらえない作家になる代わりに、気むずかしい批評家からはただの話し手と軽くあしらわれながらも、どこかで深く地下水のように、ひろく小説好きの読者によって読みつづけられる作家になるのではあるまいか。(3)

二〇〇六年に再出発した新モーム協会の行方昭夫会長は、その辺の事情を前述の評言より四〇数年後、次のように語る。

(モームは)誰もが、それまで肩に力を入れて接していた外国文学を身近なものにした功績がある。モームなら、すぐれた訳文のお陰もあって、文章も中身も日本語の小説とあまり変わらずに楽しめるのであった。……純文学がこんなに面白くていいのかと不安だった読者に、中野氏は「一切の通俗性の皮を剥ぎとってしまった最後に、人間の不可解という核が残る——永遠の謎なるものとしての人間の魂を描くことが彼の一生歌い続けた唯一の主題である」と巧みにモーム文学を擁護した。(4)

さて、『毎日』の記事に戻ると、こうしてすでに日本の読者には名が通っていた中野が、戦後何年か経ての渡欧の折り、英国文化振興会から一度モームに会ってみないかというすすめがあったが、断ってしまったそうなのだ。その理由が面白い。ある短篇（作品名を挙げていない）の中で、モーム的語り手がアメリカの大学に立ち寄ったところ、英文学教授の「退屈な文学談に、すっかりウンザリさせせられ」（ママ）て、というあたりを中野が思い出していたからだ。その部分を引用する。

それを知っていたので辞退したのである。どうせ先方からすれば、わたしなどどこの馬の骨だかしれない訪問客にきまっているし、当然あなたのあの作品は——というような話題を出すよりほかないに決まっているから、あまり気が進まなかったのである。意地悪く観察されていて、あと短篇の教授のようにやられてはたまらない、と考えたこともたしかであった。(5)

これは中野好夫の本音かもしれないが、彼一流の自己韜晦的レトリックと考えると愉快である。

『週刊朝日』（一九五九年一一月）に、モーム来訪時に撮られた彼の写真の数々に添えられて、(6)中野のモームへの想いが綴られた短文が載せられている。丸善のモーム展以外の公的な行事はほとんどないので、他から煩わされず、思う存分日本で見たいものを見てほしい、あえて、（東京でも）会うつもりはない、と高齢の相手の立場を慮った発言をしている。モームに長年親しみ、モーム文学の面白さを知りつくし、それを世に広めた功労者の言葉としては、最初は意外な気がしたが、英文学関係者やファンなどの喧噪の中で、しかしこれは中野の原作者への最大級の敬意を示していると同時に、学者としての矜持を示しているのではないかと推察する。自分はモームの翻訳者ではあるが、単なるモームの代弁者ではないのだ、という矜持を。

ところが、『毎日』の追悼文によると、結局は、来日中（『週刊朝日』での発言後）、ほどなくしてモーム研究者の田中睦夫の強いすすめで本人と面会が実現する。そして会ってみて、彼の誤解がとけたというのである。「皮肉で意地悪どころか、さぞ時間つぶしの訪問客であったろうのに、いかに相手の心を傷つけまいと心を配っているかのように見える、まことに善意にあふれた応対ぶりであった」。(7) こうした好印象は、モームが京都滞在時、世話を受けた英国文化振興会京都の担当者であった小説家フランシス・キングの回想のそれとも一致する。(8)

京都といえば、*Life* の一九五九年一二月一四日号（'Geisha Gambol for Mr. Maugham'）では、祇園にて舞妓たちに接待されるモームの他では見せない寛いだ姿が撮られていて、微笑ましい。置かれた膳を前にして窮屈そうに畳に座り、箸を不器用に扱っているが、満更でもない表情をしている。ここで一緒に並んで撮られているのは、田中睦夫と秘書、友人アラン・サールであった。ともあれ、アメリカを代表する写真週刊誌 *Life* によって、モームの日本訪問が世界中に配信されたことになる。

11–1 踊り子の演技を楽しむ京都のモーム 1959年『ライフ』誌

結果的には、ただ一度の会談だったとはいえ、モームの日本での人気の礎を築いた翻訳を生んだ中野にとり、自身のモーム「理解」にも確認・再発見を含め資するところが少なくなかったのではないだろうか。ではここで、少し時間を溯って、モームの第二次大戦前の受容について考える。

Ⅱ　第二次世界大戦前のモームの受容

日本の戦後のモーム・ブームのほぼ起点となったのが、一九四〇年一月に出版の短篇集『雨　他二篇（「赤毛」「手紙」）』（岩波文庫）、同年八月出版の『月と六ペンス』（中央公論社）の中野好夫の名翻訳であった。中野は後年、当時を次のように回想している。

> 最初に『雨』以下短篇を訳したのは、昭和一四年（出版は翌年）だったが、当時モームは一部英文学徒の間でこそ愛読されていたが、日本の一般読書界では、まったくの無名作家といってよかった。もちろん邦訳もなかった。[9]

ここで中野発言に少し注釈を入れる。春陽堂発行（一九三二年＝昭和七年）の『四度の邂逅　其他』（「英米近代文学叢書」山縣五十雄注訳）という英和対訳書に表題のヘンリー・ジェイムズ作品（'Four Meetings' & 'Mrs. Temperly'）とともにモームの「手紙」（'The Letter'）の（恐らく）最初の小説の邦訳が収載されていたのだった。訳者山縣五十雄は、同書「序」において、次のように述べる。

モオグァムは未だ文学年鑑にも出ていないくらいで、決して有名な作家ではないが、ジェイムズのような繊細な手法に加うるに、多少現代人の好みに合いそうな二三の特長を持っている。此の点から云えば彼は将来ジェイムズより大きな作家になれそうに思われる。（旧仮名遣いなどを改めた）(10)

作家への評価の正否はともかく、その後日本で圧倒的な数の読者を得るのは「モオグァム」の方であったのは歴史が示している通り。

もうひとつ、本書が示している事実は、モームらの英文が英語学習の参考書としてある程度の需要があったということだ。同書は、春陽堂図書教育部出版から発行された学習書ということで、一般読者市場への流通は限定されていたと思われる。筆者が見た版は、奥付に非売品と銘打たれていた。後年、初代 *Cap Ferrat* の二〇一〇年の復刻版（日本モーム協会会誌、創刊号〜三号、一九六〇〜六二年）を見たところ、それに言及している文章がすでに収載されていることに気付いた（穂積健著「モーム雑感」同三号、一九六二年）。

ここで、英語の受験・学習参考書としてのモームの当時の扱いに簡単にふれる。英文読解の参考書『英文標準問題精講』（原仙作著、旺文社）の初版は一九三三年九月で、その後中原道喜の補訂を得て、今日まで何度も版を重ねている受験界のロング・セラーである。同書にはモームの原作からの抜粋がすでに使われているのだ。日本の学習者には明快、簡潔で、受験に役立つ英語だと思われていたのだろう。原はその「はしがき」にて、次のように宣言する。

なお、出典を明示して、入学試験問題の多くは日常誦読される英米文学の主要な典籍より選ばれることを知らしめんために努めた。巻頭に問題出典表を掲げたのは、英米文学に多少の関心と知識を持つことが、英語を真に理解する一助になると信じたからである。(11)

その意味でもモームの原文は英語読解練習にきわめてふさわしい例として重用されたのである。一九七一年改訂版の上記の出典表を見ると、オールダス・ハクスリー（九点）、ロバート・リンド（七点）、モーム（九点）、バートランド・ラッセル（一四点）らが他の作家に比して突出している。これと同じ素材が初版（一九三三年）から使用され続けていたと仮定すると、ラッセルの著作は戦後のものが多く、結局初版時で原が（本国で刊行済の原作を）採用出来たものはハクスリー七点、リンド四〜五点、モーム五〜六点、ラッセル四点ではないかという可能性が考えられる。ちなみに、一九九九年刊行の新装改訂版ではハクスリー九点、リンド七点、モーム七点、ラッセル一四点と、特にラッセルの人気が高い。

一九三〇年代前半、一般読者へのモームという作家の浸透度は低かったとしても、これは当時の大学の「英文学徒」たち及び学校教師の関心が色濃く反映している結果でもあろう。この時期、学術的なモーム研究の先駆的な論文として、モーム文学の本質に迫る上田勤の「Maugham と Realism の精神」（『英文學研究』、日本英文學会、一九三七年）[12]、*Our Betters & The Circle* を取り上げた山本修二編注解説（「モームの劇」）の『モーム』（「現代英文学叢書」研究社、一九三五年）を挙げなければならない。

さらに、この頃、後年モームの優れた翻訳に幾つか関わることになる西川正身は、*The Casuarina Tree* を一九二九年（原作発表の三年後）に Tauchnitz 版で入手し、これがモームに親しむきっかけになったという。[13]

面白い符合は、英文学徒ではないが、後にフランス映画を中心とする評論で活躍する飯島正の回想に見られる。

「雨」を映画化した日本題名『港の女』を見て、急に原作が読んでみたくなり、たしかドイツのタウヒニッツ版で読んだ記憶がある。それから、一〇年間ぐらいは、たてつづけにモームを愛読した。[14]

モームの映画化は、早くも無声映画の時代から行われ、第二次大戦後も含めて、断続的に米英で製作されており、飯島が見た『港の女』(*Sadie Thompson*, 1928) はサイレント時代終盤の頃のものであった（日本公開一九二九年）。続けて、トーキー版『雨』（一九三二／三三年）が、そして『人間の絆』の（部分的な）映画化である『痴人の愛』（一九三四／三五年）が公開された。後者の邦題は当時よく知られた谷崎潤一郎の同名作品（一九二四年）の題名を借りているのだろう。他に『彩られし女性』(*The Painted Veil*, 1934/35)、同国人のアルフレッド・ヒチコック監督の『間諜最後の日』(*Secret Agent*, 1936/38) など日本でも相次ぎ公開された。一九四〇年に中野訳が出る前に、モームを原作にした映画が日本で上映されたことで、モームの名前を知った映画ファンも多かったに違いない。とはいえ、映画観客は馴染みのある作家でない限り、一般に原作者については無関心なものなので、これをもってどうこうは言えないかもしれないが。ではここであと二つほど、戦前のモーム受容についての話題を挙げる。

この頃注目してよいのは、中野訳（一九四〇年の夏）直後から敗戦までの期間、少なくとも八点ほどの翻訳書が中野以外の訳者たちにより、次々と刊行されていたことだ。『アシェンデン』がすでにこの時期に訳されているし、東南アジアや南太平洋を舞台にした作品や題に「南」を冠した短篇集も出た。英米文学作品の翻訳出版の困難な時代に、まるで戦後のブームを先取りしたかのようなこうしたモーム「現象」を見ると、日本の対米英戦略や南進政策などと何か関わっていた可能性もある。しかしとりあえず、その辺は今後の受容史考察の課題としておく。

最後に、『日輪の遺産』（二〇一一年、角川映画配給、佐々部清監督）という映画について少し述べる。これはフィクション（浅田次郎原作）ではあるが、敗戦日前後を舞台にしたミステリー仕立ての人間ドラマである。国家的極秘任務を託された女学校の生徒（十代前半）たちの運命が描かれているが、少女たちを率いる教師が、その能力を見込んでいる生徒に、ヘッセの『車輪の下』の文庫本など、多くの文学書を貸しているらしく、小説家になるようにすすめている。「今度、サマーセット・モームを貸してやろう。モームは短篇小説の名手だ。

時間があったら、書き写すといい。勉強になるだろう」とまでいう。すすめているのは、中野好夫版の「雨」や『月と六ペンス』などのことであろうか。『日輪の遺産』が示唆するのは、それがフィクションであるとはいえ、一般市民の文学、あるいは文化受容という視点に立てば、今まで考えられていた以上に、戦中と戦後のモームの受容史はいわば地続きであったという想像を楽しめそうである。

Ⅲ　戦後のモーム受容の変遷

戦後のモーム文学の本格的受容は、三笠書房の一九五〇年一〇月発行の『モーム選集』の刊行に始まるといわれる。その最初のものが中野訳『人間の絆』（三巻、一九五二年に完結）であった。その他、様々な訳者（戦中に翻訳を刊行していた訳者も含み）によるモーム作品が一気に読書市場に出た時期であり、いわゆるモーム受容の最盛期に入ったわけである。ここで文中に添えた写真をご覧いただきたい（本書一九九頁）。

これは一九五四年（昭和二九年）秋の東京都渋谷駅前交差点（今はスクランブル交差点となって、情景が一変している）を撮影したモノクロ写真である。(15) ぎっしりと低い木造家屋が連なっている街並み全体が時代を感じさせる。東急東横店の屋上から見た光景である。第二次大戦後一〇年近く経たとはいえ、むろん高度成長の時代はもっと先の話、駅広場と向き合った交差点前にある現在はレンタル・ビデオ店が入る建物となっているあたりには、「カネボウ毛糸」「山崎毛糸店」という上下二枚の巨大な看板を掲げた商店が見える。その看板そのものに産業構造の変遷を思わざるを得ない。毛糸店からレンタル・ビデオ店へという変化を。なお、このレ

11–2 渋谷駅前の大通りと街頭光景 1954年10月撮影 ©『渋谷の記憶 II』より

ンタル店チェーンは、今やある地方の公立図書館の運営を任されるほど、巨大な組織になっている。

その西の三軒目にはこれまた大きな看板を掲げている商店が建っている。何とそれは「モーム全〜」と読めるではないか。「モーム全集」という宣伝文字を掲げた書店なのだ。さらにその看板の上にはかすかに発行元の「新潮」の文字が見える。新潮社の『モーム全集』（全三一巻／一九五四年一〇月〜一九五九年。それらに二冊の別巻が加わる）が刊行され始めたのが、ちょうど、本写真撮影の時期だったのである。

写真を見て、二つのことを考えた。当時も今も書店の庇に映画の宣伝看板のように、外国の一作家の名前（書名）が掲げられるというのはあまり見かけないことではないかと思ったのである。モームが日本でも大変な人気作家であったという事実はよく知られているが、写真のインパクトは絶大なもので、当時のこの作家の地位が視覚的に納得できて興味深い。

さらに、個人的に本写真がとても懐かしい気分にさせてくれるものだということだった。幼少年期、親に連れられて入り浸っていたのがこの街に林立している映画館であったので、渋谷には早くから馴染んでいた。当時全国で大ヒットしていた『笛吹童子』（東映）、『七人の侍』（東宝）、とりわけ『ゴジラ』（東宝一一月三日公開）などを見た帰りにこのモームの看板のある書店前を通ったかもしれないと考えると、何やら不思議な縁を感じる。ちなみに、同年の三月にアメリカの南太平洋における水爆実験による第五福竜丸の乗組員らの被爆が大きな話題になっており、まさに『ゴジラ』は核時代の人々の恐怖を暗喩している作品となったといわれている。そういう頃であった。

モームの映画といえば、戦前に製作された『月光の女』(*The Letter*, 1940/50)や『クリスマスの休暇』(*Christmas Holiday*, 1944/47)が戦後直ぐに輸入されて、日本で公開されている。『クリスマスの休暇』は、占領時のアメリカ映画を占領軍当局の肝いりで一括して輸入していたＭＰＥＡ（アメリカ映画輸出協会）により上映された。劇場で販売されていたパンフレット『クリスマスの休暇』（ＭＰＥＡ宣伝部、一九四七年）には、飯島正によって、モームと映画の関係が詳細に述べられている。後年、「モームと映画」という話題が求められる時には、ほぼ決まって戦前からのモームの愛読者でもある飯島が各紙・誌に登場するのも納得させられる。

また上記パンフレットに、同映画の対訳シナリオ発刊広告が掲載されている。実はその前年からＮＨＫラジオで放送中の平川唯一の英会話講座が大きな人気を得ていて、日本における英語ブームがあったにせよ、戦中下の抑圧の反動もあるのだろう、敗戦後二年にして早くもこうした映画脚本の対訳集が発刊されたのである。当時の日本人の貪欲ともいえる外国語・文化を取り入れようという意気込みが伝わってくる。広告には「日常米語の教材として天下一品。田村幸彦譯、送料二一圓、國際出版社」とある。対訳者の田村は戦前の外国映画日本語字幕翻訳導入の先駆者でもあるが、上記パンフレット中で「また此の新聞記者サイモンを演じるリチャード・ソホーフの台辞は、典型的なアメリカの俗語でアメリカ語を勉強するには大變良い参考に成ると思います」と述べている（映画の舞台は原作のパリからニュー・オーリンズに移されている。引用中の仮名遣いを一部改めた）。映画『クリスマスの休暇』英和対訳書は、大幅に脚色化されたものながら、日本人の手による戦後初のモームの名を冠した広義の英語「テクスト」であるかもしれない。

その他、『剃刀の刃』(*The Razor's Edge*, 1947/48) や『四重奏』(*Quartet*, 1948/51) が公開された。特に後者は、モームの四つの短篇のオムニバス映画として評判になった。冒頭と終幕でモーム自身が登場し、自作を語る。恐らく、初めて日本の観客は彼の姿を見、声を聞いたのではないか。

11–3 映画『剃刀の刃』
帝劇パンフレット表紙 1948年

他に、『雨に濡れた欲情』(*Miss Sadie Thompson*, 1954) は「雨」の翻案的作品で、当時流行の3D立体映画であった。『私の夫(ハズ)は二人いる』(*Three for the Show*, 1954/55) は、戯曲『夫が多すぎて』のミュージカル版。久しぶりの『人間の絆』（一九六四年）の映画化もある。調査の範囲では、『剃刀の刃』は帝国劇場、『四重奏』と『私の夫(ハズ)は二人いる』などは有楽座といった当時の屈指の大劇場で封切られた事実は記憶に留めたい。こうした戦後公開の映画の観客が必ずしも原作者の名前で劇場に引き寄せられたとは限らないが、少なくとも、戦前に訳がすでにあった『月光の女』のみか、イギリス映画『四重奏』は、原作の趣旨が変えられているものがあるものの、原作者の名前に馴染んでいる観客を大いに魅了したであろう。三笠書房ですでに、『人間の絆』（一九五〇～五二年）（『サマセット・モーム選集』）や、『四重奏』の各短篇の原作も収められている英宝社版『モーム傑作選』（一九五一～五四年）が刊行されようとしている時期でもあったからである。そして、ついに『モーム全集』が一九五四年秋に刊行になるという経緯はすでに述べた。こうして、ほぼ全集に近い形のモームの翻訳シリーズが発行され、それらの多くが文庫化されただけでなく、やがて、各社の世界文学全集に必ず収録されるようになるのである。

なお、三笠書房は、大久保康雄訳『風と共に去りぬ』などで、戦前から翻訳を中心とした出版社として著名であり、村岡花子訳『赤毛のアン』も一九五二年にこの出版社から刊行されたことを付記しておく。

モームは、戦後から一九五〇年代にかけて、主として翻訳を通して数多の読者を得た。さらに戦前のモーム受容黎明期同様、原文は大学受験用のテクストとして盛んに用いられ、大学の講読授業での英語教科書としても定番になった。英米の出版社発行のテクストが輸入されたのみか、日本では盛んに原文に注釈を加えたテクストが発売された。中野好夫編注による『大佐の奥方・他』（「英文モーム(1)」英宝社、一九五二年）などだ。注目すべきものとして、英和対訳書として刊行された一冊に朱牟田夏雄訳注の『サミング・アップ』（「現代作家対訳双書」金星堂、一九五五年）があり、文脈の中で英語の意味を捉え、丁寧に原文を訳文と対照させながら、書き手の思想的・文化的背景にも思いをはせる重要性を伝えている。こうした地味な文献が、若い英文学徒の学習意欲をいやますのにいかに貢献したのかは想像に難くない。

狭義のアカデミズムの面で、少なくとも一九六〇年代中頃までに限ってみると、中野好夫編『モーム研究』(英宝社、一九五四年)、上田勤著『モーム』(「新英米文学評伝叢書」研究社、一九五六年)、後藤武士・増野正衛編『モーム研究』(「サマセット・モーム全集」新潮社、一九五九年)、朱牟田夏雄編『サマセット・モーム』(「二〇世紀英米文学案内」研究社、一九六六年)などのモームの総合的研究書が出揃い、研究者、学生は格段の恩恵に浴することになった。実際、各大学の英文科の卒業論文のテーマにモームの名前が挙がらない年はなかったようである。例えば、一九六〇年代前半の幾つかの大学の英米文学を取り扱った卒業論文の統計(16)を見てみると、数としては少ないが、各大学でモームに取り組む学生は常に存在していたと推測される。

やがて、一九五九年にモーム本人が来日し、人気は頂点に達したことは最初に述べた通りである。日本モーム協会が発足したのもその翌年になるのだが、しかし、一九六〇年代の半ば以後、作家の人気は急速に衰えた。確かにモームの没後、「棺が蓋われて事定まった」わけであるし、今、その評価を覆す必要はない。だが、その後の急激な世界的な政治・文化潮流の変化の波にあって、また9・11と3・11を体験した私たちが、今モームを「ストーリー・テラーの巨匠」というような旧来の語法のみで語るのは少し窮屈な感じがする。

今、日本モーム協会が復活し、多くの新訳が文庫本などで次々と登場してくるようになった二一世紀になって、モーム作品を敬愛し、支持する新旧の読者はまだ多数いるのも間違いなかろう。モームの没後半世紀余りになるその受容を考察する一番の意味はまさにそこにある。(文中敬称略)

注

（1）『毎日新聞』東京版夕刊、一九六五年一月二五日。
（2）同紙大阪版夕刊、一二月一六日。
（3）中野好夫『毎日新聞』東京版夕刊同日。
（4）行方昭夫「S・モームと日本人」『東京新聞』夕刊、二〇〇六年七月二五日。
（5）中野『毎日新聞』東京版夕刊　上記（3）。
（6）中野『週刊朝日』一九五九年一一月二九日号。
（7）中野上記（5）。
（8）Francis King, *Yesterday Came Suddenly* (London: Constable, 1993), p.182.
（9）中野「翻訳雑話」『英文学夜ばなし』新潮社、一九七一年、一一六頁。
（10）ヘンリー・ジェイムズ、サマセット・モーム『四度の邂逅　其他〈英米近代文学叢書〉』同書は信州大学繊維学部附属図書館所属。同学部は戦前、上田蚕糸専門学校、上田繊維専門学校と称し、本対訳選書はすでに出版の翌年に同館に所属登録されていた
（11）原仙作著、中原道喜補訂（戦後）『英文標準問題精講』旺文社、一九三三年九月。
（12）上田勤「モームとリアリズム」の精神」は *Cap Ferrat* 第一〇号、二〇一三年に再録されている。
（13）西川正身「青春の日のモーム」『英語研究――モーム誕生百年記念臨時増刊号』研究社、一九七四年四月号、七頁。
（14）飯島正「モームを偲ぶ――モームのこと」『英語青年――サマセット・モーム追悼記念号』研究社、一九六六年四月号、一九頁。
（15）写真集『渋谷の記憶II――写真でみる今と昔』（許可済）本書巻末の図版写真出典一覧を参照。なお、写真をめぐる拙論は、「サマセット・モームをめぐる一葉の写真と」題して、信州大学人文学部のブログ（二〇一三年八月三日）に発表したが、それを今回、多少改訂し写真を添えて掲載した。
（16）成田成寿『論文とレポート』（八潮出版社、一九八六年）に、ある時期の大学卒業論文題目一覧が掲載されている。

一九六〇年代前半のある年の東京大学の卒業論文において、四〇編の内、モームは三。同年の日本女子大学では一〇九編の内、モームは七だった。

主な利用施設及び参考文献（本文中に言及されていないもの）

お茶の水女子大学図書館ＯＰＡＣ。

国立国会図書館新聞資料室。

http://ameqlist.com/sfm/maugham.htm#eihoc05.

『外国スター名鑑一九六七／六八年――映画の友八月号臨時増刊』映画の友、一九六七年。

「スクリーン」編、淀川長治・双葉十三郎監修『写真で見る外国映画の一〇〇年　第二巻』。

近代映画社、一九七二年。

同書第三巻、一九七〇年。

『キネマ旬報ベスト・テン全集　一九四六―一九五九年』キネマ旬報社、二〇〇〇年。

『キネマ旬報ベスト・テン全集　一九六〇―一九六九年』キネマ旬報社、二〇〇〇年。

公開時の関連映画パンフレット各種。

行方昭夫著『サマセット・モームを読む』岩波書店、二〇一〇年。

『モームの謎』岩波書店、二〇一三年。

田中一郎著「モームの翻訳」*Cap Ferrat*, 第七号、二〇一〇年。

田原創著「モームの原作映画案内」*Cap Ferrat*, 第七号、二〇一〇年。

第二講　モームの戯曲など

ここで、前回は言及できなかった戦後のモームの戯曲の上演状況を示して、モームの劇作家としての日本での認識のされかたの一面を探る。

前回は、資料を用いて、読書界、アカデミズム、翻訳、英語教材、映像などの諸方面から、主に没後前後までのその状況の一端を描いた。今回は、対象を主にモームの戯曲にしぼり、資料が乏しい日本での上演の歴史を顧みることにする。

――「それにしても、俳優がもっともっとうまくならなけりゃ」。（宇野重吉）――

二一世紀の変わり目から、モームの長短篇の代表作のみか、一般読者には未知だった作品が新訳で、また本邦初訳の形で次々と出版されている。一人の訳者により、連続的に訳されている場合もあるし、単発で出されている場合もある。文庫本という形で出ていることが多いのは、それだけ、小説の読者の受容が見込めるからであろう。

ところが、戯曲はモームの経歴の重要な要素であるはずなのだが、戦前以来、研究者、実作者（山本修二、木下順二、菅泰男、小津次郎、宮地國敬ら）双方によるモームの戯曲の俯瞰や考察が行われ、また教材用の注釈テクストが発刊されていたにもかかわらず、小説に比べ翻訳の機会は圧倒的に少なかったといわなければならない。モームが『サミング・アップ』(*The Summing Up*, 1938) で自身の演劇観を、あれほどあけすけに興味深く語っているのにもかかわらず（主に三〇～四二章）。

具体的には、新潮社版『モーム全集』（木下順二訳『ひとめぐり』『おえらがた』収録一九五六年、及び木下訳『むくいられたもの』、瀬口城一郎訳『シェピー』収録一九五五年）や英宝社版（井出良三訳『スミス』、久保田重良訳『生計をいとなむもの』収録一九八五年）などで行われているが、容易に入手出来るのは岩波文庫版（海保眞夫訳『夫が多すぎて』二〇〇一年）位であった。

だが、没後五〇年にあわせるように、最近、戯曲家としてのモームの出世作『フレデリック夫人』(*Lady Frederick*, 1907) と、本邦初訳ではないが、後年の代表作『聖なる炎』(*The Sacred Flame*, 1928) がようやく活字になり、愛好家の長年の渇望を癒すことになった（両作とも宮川誠訳）。各登場人物の息遣いがよく伝わってくるような脚本で、いずれの日か実際に舞台化される日を期したい。そして文庫本の形で、行方昭夫日本モーム協会会長が、上記を含むモームの後年の代表

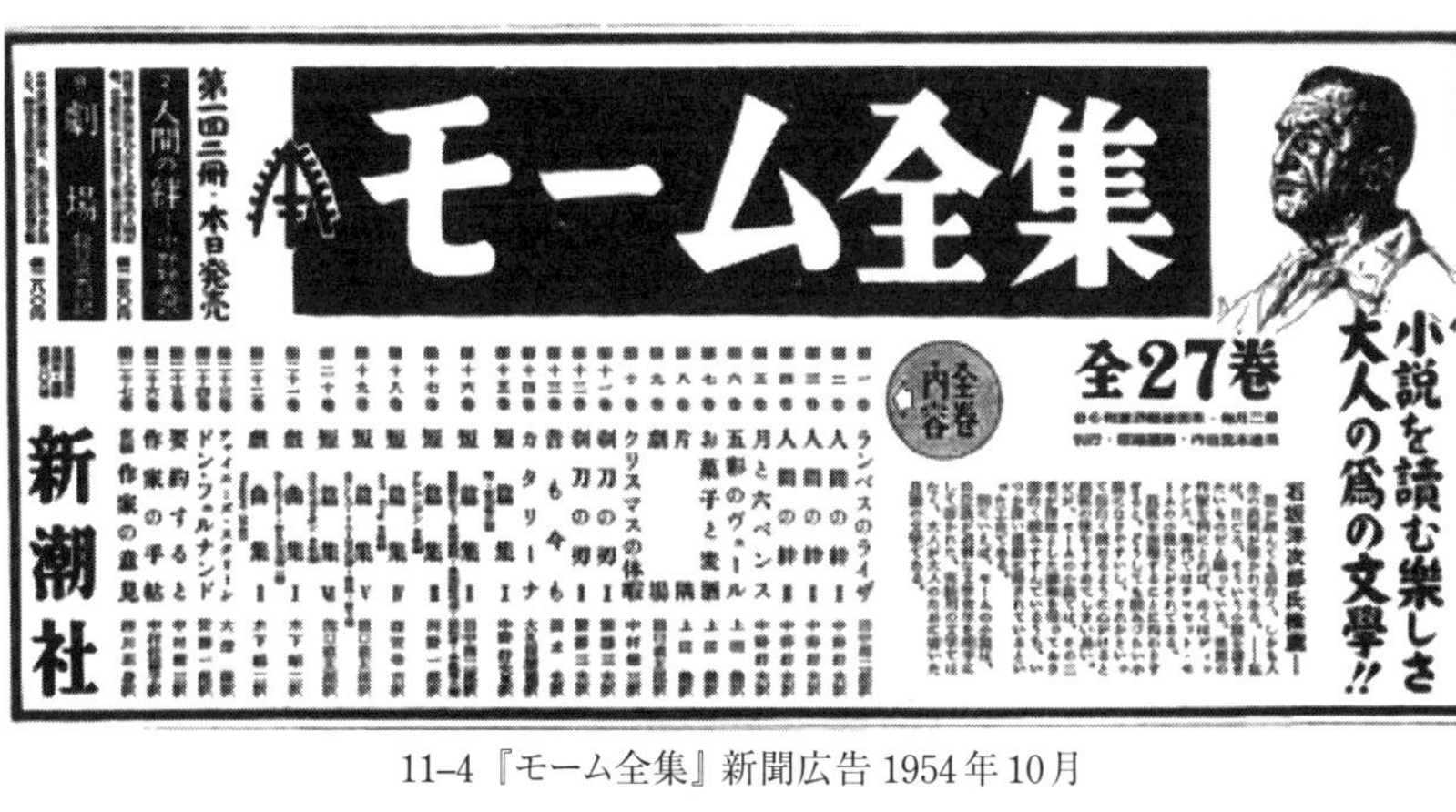

11–4『モーム全集』新聞広告 1954年10月

作を発表している（講談社文芸文庫版『聖火』二〇一七年、『報いられたもの』／『働き方』二〇一八年）。

とはいえ、モームの戯曲の上演の機会は日本ではきわめて限られていたといえるだろう。実際、戦後舞台になったモームの戯曲はわずか十余りに過ぎないようなのである（再演は除く）。本稿では、残された数少ない上演時の資料の言説を紹介しながら、小説家モームの顔は長年親しまれてきたが、日本では何故、モームが舞台にあがる機会が少なかったのかについて述べる。

モーム没後の翌年、劇団民藝は宇野重吉の演出により、『報いられたもの』(*For Services Rendered*, 1932) の本邦初演をはたした（一九六六年、四月六日初日、東京農協ホール）。いや、単に本作が初演というだけでなく、モームの戯曲がいわゆる新劇によって、初の本格的な上陸を果たしたことになると思われる。宇野重吉の冒頭の言葉は、モームの芝居の上演にあたり、あまりうまく理窟のつけられない困難さに直面して発した述べた部分だ。そのあたりを引用する。

モームという人は実にうまい戯曲を書く人だなあ、とそのとき（以前『聖火』の上演を考えていた時―引用者補注）感嘆した。……うまい戯曲だけに上演するにも余程の技術が必要で、これまでの不勉強がたたって、こういう芝居になると手も足も出ないというのが、正直なところ、現状である。であるが、うまい戯曲だけに、や

11–5『民藝の仲間』86号パンフレット表紙

ってみると、芝居のイロハから試験されているようで、難行ではあるが、面白いことではめっぽう面白い。訳者の木下君が、「これ位のものを書く作家は日本にはいないねえ」だったか「少ないねえ」だったか、そんなことを言ったが、そしてそれは言葉通りの単純な意味ではなかろうが、ぼくも、俳優、演出家として、同じような感想を持つ。お客さんの方もそうだろうと思う。それにしても、俳優がもっともっとうまくならなけりゃ」。(1)

ここには、題材が客間喜劇風なもの、例えば『おえら方』であろうと、より深刻な問題意識を持っているような作品『報いられたもの』であろうと、モーム劇の上演に常につきまとう困難さと面白さの一端が演出家の視点で示されている。では、本邦初演の『報いられたもの』の上演の結果はどうだったのか。限られた範囲だが、初演の新聞評を見ると、結果は上々だったようだ。

第一次大戦後のイギリスのあるいなか町。弁護士アーズレイ一家は、戦傷で失明した長男、婚約者に戦死され、そのまま婚期を逸してしまった長女、かつては将校、いまは飲んだくれの男と希望のない結婚生活を続ける次女――と、戦争の傷あとが深く残っている。サマセット・モームの『報いられたもの』は、このような状況のもとで、保守的なイギリスの中流家庭にうごめく人々の重苦しい息づかいを、巧みな語り口で描き出す。

そんな中で、せめての救いは、妻子のある初老の男とかけ落ちすることで脱出の突破口を求めるような末娘ロイスだ。演出は、姉たちの忍従の生活にまき込まれることをおそれ、愛してもいない男に運命をかけてみようとするこのロイスの心の動きを、きめ細かくとらえた。

淡々と静かな展開でひとりひとりの生き方を内側に掘り下げようとした舞台だが、……終幕には緊迫感が盛り上がった。（特にこの山場における―引用者補注）細川、奈良岡、有馬など女優陣が好演、新劇初出演の有馬は舞台に精彩を添えたというだけでなく、けんめいに演じて期待を受けとめた。(2)

内容はかなり深刻な家族劇であり、いわゆるウェルメイド・プレイの本道にのっとった作品でありつつ、大戦時、前線、銃後どちらにいたにせよ、心身に傷を抱えて戦後を生きるイギリスの中流上層階級の家族のひとりひとりが背負う人生の重さに、演出の重点がおかれたものと思われる。そして日本で上演する意義は、もちろん、それが単にモームの引き写しではなく、その芝居の特有の面白さが日本の観客にも共有出来るのではないかということなのだろう。これは第二次大戦後のイギリスの観客であってもよいのだが、本作が宇野によって上演された一九六六年は戦後二〇年経っているとはいえ、観客には敗戦を直接経験した世代と大戦期に思春期を送った日本人が多く含まれていたとすれば、まことに時宜を得た企画であったと言わなければならないだろう。

モームに挑んだ宇野の演出の難しさは、こうした作品の微妙な様相を演技者によって具体化するという点にあるのだけれども、実は彼の冒頭引用の感慨（「それにしても、俳優がもっともっとうまくならなけりゃ」）には、俳優への注文だけがあるわけではない。むしろ、如何にして自分の考える作品の意図を俳優に的確に伝え、俳優との協同作業を通して、どのような「面白い」芝居が生み出せるかと呻吟する（無論、本来演出家とはそういうものだが）稀代の名演出家の正直な言葉の吐露と見なすべきなのであろう。

引用の新聞評から、当時の民藝のベテラン俳優清水将夫（父親）、細川ちか子（母親）、そして奈良岡朋子（長女）、高田敏江（次女）、芦田伸介、北林谷栄、大滝秀治らにまじって、その頃映画から芝居に活動舞台を移していた有馬稲子の演技に注目が集まっているような空気が分かる。一九五〇年代から六〇年代前半まで、彼女は小津安二郎や内田吐夢、田坂具隆など名だたる監督の作品に起用され、単なる人気スターだけではない実力派の女優として認められていたこともあり、宇野の起用はきわめて適切なものであったと考えられる。

ちなみに、小津監督の『彼岸花』（松竹一九五八年公開）で有馬が演じた娘が、父親に、彼女の決めた結婚相手を頭ごなしに否定されて、自分の幸せは自分で探します、と啖呵を切る場面があった。これは喜劇といってよいドラマだが、偶然ながら、劇の状況がより深刻な『報いられたもの』の戦後派のアーズレイ家末娘の新たな困難な旅立ちに出る姿勢を予告しているようで、興味深い。

ここで、しばらく別の劇作家の戯曲にふれておきたい。『報いられたもの』上演の少し後に、劇団雲がイギリスのロバート・ボールト (Robert Bolt, 1924–1995) 作『わが命つくるとも *A Man for All Seasons*』（一九六〇年初演、日本公演一九六九年五月九日初日、読売ホール、荒川哲生演出）を上演した。ボールトは、当時すでに日本ではイギリスの名匠デイヴィッド・リーン監督の『アラビアのロレンス』や『ドクトル・ジバゴ』の脚本で名声を高めていて、映画評論家や観客によく知られた存在だった。従って、彼の名前は本邦では映画脚本家という印象が強い。また本戯曲は、ボールト自身の脚色により映画化され（フレッド・ジネマン監督、一九六六年製作、六七年日本公開）、イギリスの名優ポール・スコフィールドが舞台に続いてトマス・モアを演じ大きな評価を得た。

『わが命つくるとも』は、ヘンリー八世の離婚問題をめぐって、自己の良心、信念、信仰と国王（国）への忠誠との間で揺れる大法官トマス・モア（芥川比呂志）の運命を描いたものである。原作では、モアの「気高い」言動を幾分斜に見て、観客に語りかけるような「平民」役を設定し、リアリズムに徹した構成の映画版と異なり、観客の複眼的想像的思考により強く訴えかけようとする舞台になっている。イギリス演劇の戦中から戦後にかけての変貌の中にあって、形式、主題、実験性といった問題に無自覚ではいられなかったのは、ロバート・ボールトも当時の新世代の劇作家たちと同じであったろう。

翻訳者の松原正は、こうしたボールト劇の上演の成否について興味深い発言をしている。ボールトの出世作『花咲くチェリー』や『虎と馬』でそれぞれ主役を演じたイギリスのこれまた名優のレイフ・リチャードソンとマイケル・レッドグレイヴは「ともに彼の劇に魅了され、その上演に尽力し」た、というのである。

……つまり、ボールト劇が名優を魅惑するほど巧妙に書かれている、ということなのであって、例えば、この『わが命つくるとも』ほど巧みに書かれた劇はそうめったにあるものではない。……ボールトは、習作時代、サマセット・モームの劇をほとんどなぞるようにして模倣することにより作劇術を鍛錬したと告白しているが、この種の鍛錬が独創欠如のあかし、ないしは軽薄な遊戯とみなされるようでは甚だ困るのである。あまりにも当り前の事だが、「すぐれた思想」は巧妙に表現されて初めてすぐれた思想となるはずのものだからだ。(3)

恐らくモームが、「ボールト劇が名優を魅惑するほど巧妙に書かれている」との一節を見たら、ニヤリとしたかもしれない。また、狭義の「思想」を表現するのが必ずしも小説や戯曲の本分ではないと、モームなら言うことだろうが、「思想」を例えば「矛盾に満ちた人間観・人間像」などと言い換えれば、(モームや)ボールトらのウェルメイド・プレイに対する松原の見方がより明瞭となる。どちらにせよ、「すぐれた思想」は作家の紡ぎだす言葉によって巧みに表現され得て、初めて効果を発揮する。そして、木下順二訳にもとづく『報いられたもの』の上演では、それが演出家と演技者にゆだねられたわけだ。実際、それこそが巧みに作られた同作初演に臨む宇野重吉が痛感したことであったろう。

なお、モームの劇作家としての終盤近い作品『聖なる炎』は『報いられたもの』に似た一種の問題劇に近いものであるが、これを九年後に宇野重吉は『聖火：母の総て』と題して上演した。さらに、俳優座が、『コンスタント・ワイフ *The Constant Wife*』(一九二六年初演、日本公演一九九〇年一〇月三日初日、俳優座劇場、増見利清演出、志賀佳世子、アルベリイ信子訳、井口恭子出演)というモーム得意の客間喜劇の一編を上演した。これは同劇団によって、二〇〇〇年代にも再演された。

さて、民藝による『報いられたもの』の三四年後、モームの劇作家として中期の喜劇 *Home and Beauty* (1919)が『二人の夫とわたしの事情』と題し、ケラリーノ・サンドロヴィッチの演出により上演されたのは記憶に新しい(シス・カンパニー製作、二〇一〇年四月一七日初日、渋谷シアターコクーン、サンドロヴィッチ上演台本、徐賀世子訳、松たか子、渡辺徹、段田安則他)。話はこうだ。第一次大戦後、銃後に残された若き夫人が、出征した夫の死を知らされ、彼の親友と結婚するが、やがて死んだと思われていた夫が帰還する。それにまた夫人に夢中の戦争成金が絡み、作品は通常のコメディの枠を超えた非現実的様相を呈するかのよう。もっとも、モームの劇はリアルな伝統喜劇の枠をほとんど離れないのだが。

とはいえ、モームの軽喜劇を、ケラリーノ・サンドロヴィッチが演出した『二人の夫とわたしの事情』は、上質な娯楽劇に仕上がった。人間の通俗と表層を遊ぶモームのセリフを信頼し、ケラ演出独特の悪意は薄い。ドタバタ劇の動きが浮く所もある。艶笑喜劇も思わせる機知の効いたせりふの応酬だけで潔く作り上げた演出だ。

松たか子は膨大なせりふを軽やかに連射する。コケットリーが薄いのとせりふの間が少しせわしないのを除けば、誠にチャーミング。わがままな錯覚人間で、欲望に忠実で単純。でも邪気がなく美しいセレブ妻ぶりだ。……ヴィクトリアを溺愛し、有利な結婚をさせようとする母役の新橋耐子が舞台を締める。演技のアクセントを濃くして喜劇を成立させる。地芸の確かさがあるからだ。……(4)

宇野重吉の上演作品はモームの本質をかなりとらえ、演劇の醍醐味をたたえた演出ぶりであったと思われる。だが、その頃までの、劇場までわざわざ足を運ぶ外国の劇作家の作品に関心を抱いた観客たちは、芝居を、つまりこの場合はモームのことであるが、彼のウェルメイド劇を「面白い」劇としてよりも、翻訳劇として意識し、社会的問題劇的なテーマ性（それはモームが戯曲上演にあたり最終的にめざしたものではないにせよ）に惹かれていたといえないだろうか。それはある意味で、明治以来の日本の近代劇史の主流に連なる新劇の公演のありようとも関わる問題であったのかもしれない。しかし、それこそが、英米のモームを直に楽しむ観客との大きな違いでもあったろう。

一方、『二人の夫とわたしの事情』は新劇ではなく、いわゆるポスト・モダンの時代の様々な価値観を抱く観客を相手に、音楽を含め多方面の才能を駆使する劇作家演出家によって、特定の劇団にとらわれず映画、舞台、テレビで活躍する当代一の人気女優や中堅ベテラン俳優を集めてまるで役者たちに自由に遊ばせるかのような作品に仕上げている。

前記の舞台評に「松たか子は膨大なせりふを軽やかに連射する。コケットリーが薄いのとせりふの間が少しせわしないのを除けば」とあるが、これはこれで、現代の俳優の演技のより洗練された姿であると捉えられなくもない。ここで、福田恒存が一九五〇年代に、山本修二ら演劇関係者との対談で、『ハムレット』を上演する上で、本国でのカットされた版よりもっと短くしたはずなのに、結局日本語版の方が長い上演時間になってしまったという発言を思い出させる。

（これは）日本語のせいばかりでなく、日本の役者が間をおかずに台詞を云う習慣が出来てないんです。何か一寸変わったことをいうためには一息入れてからいうのです。その為に長くかかってしまいます。(5)

福田の発言は必ずしもモームの翻訳劇を念頭においているわけではないが、当時の指導的演劇人たちが日本の俳優の台詞の表現方法に関して苦慮していたありさまがよく伝わっていると思う。

『二人の～』は筆者の見聞の限りでは、確かに評判になるだけの傑作だと思われ、劇場内の観客の笑い声と共感のみか、一時物語がとんでもない方向に向かってしまうことへの戸惑いのような雰囲気が感じられたことを記しておきたい。

四年後にモームのこの原作は『夫が多すぎて』（東宝製作、二〇一四年一〇月三〇日初日、シアタークリエ、板垣恭一上演台本・演出、大地真央、中村梅雀、石田純一他）として再び取り上げられた。これは原作戯曲のアメリカ上演時の題でもある。宣伝資材を見て不思議なのは、原作者名のモームは記されているが、翻訳者名がないのだ。ケラリーノ・サンドロヴィッチ版の資料と比べて、上演姿勢の違いが鮮明に見える。前作の宣伝チラシの表紙は、ヴィクトリアの誇張された容姿のイラストが目を惹くが、最新作では、扮装した主要なキャラクターたちの写真が大きく派手に扱われているのだ。またこれまでふれえたモーム劇のパンフレットでは、それぞれ濃淡はあれ、ケラリーノ版も含め、演出家たちの劇作家モームとの関わりへの言及が出てきたものであるが、『夫が多すぎて』ではそれが見当たらないのだ。

ただ、商業演劇のあり方を思えば、こういう部分も無理のないことだろう。逆に、宇野重吉の時代には普通だった、外国の作品を「教養のために」見に行くという感覚は、シアタークリエで本作を楽しむ観客には希薄なものになっており、純粋にウェルメイド劇を楽しむ感受性が培われてきていると見るべきかもしれない。芝居を楽しむのに、彼我の垣根はもう考える必要はないというかの如く。（とはいえ、モームの作品そのものよりも、それを演じるご贔屓の役者だけを見に行くというのはもったいない気がする。）

今となっては叶わぬことだが、宇野が『夫が多すぎて』という軽喜劇を演出したらどうなるか、ケラが『報いられたもの』というシリアスな戯曲を扱うならどういう芝居になるのか、想像するやに一興だろうと思うのである。

では、次講にて、モームと「文学全集」出版の関係などにふれて、日本におけるモームの受容に関する本章を閉じたいと思う。その前に、モームの翻訳者田原創氏によるモーム戯曲の新発見についての報告を行いたい。日本初のモーム戯曲の翻訳[6]は『舞臺』という雑誌で行われたとのことである。まだモーム戯曲がほとんど日本で知られていない時期に行われていたのである。

注

(1)『民藝の仲間』八六号、一九六六年、六頁。
(2)菊『朝日新聞』一九六六年四月一二日夕刊、文中一部の字句を省略した。
(3)『テアトロ』三一一号、一九六九年五月号、一一三頁。文中一部の字句を変更した。
(4)山本健一『朝日新聞』二〇一〇年四月三〇日。
(5)「新劇の演技術を衝く」『演劇評論』一九五五年七月号、『福田恒存対談・座談集』第五巻、玉川大学出版部、二〇一二年、一〇八頁。
(6)*Jack Straw*『ジャック・スツロウ』(大村三保子訳、舞台社、『舞台』一九三五年一一月号〜一九三六年一月号所収)。

利用施設ならびに参考文献（本文中に記されている文献や前回言及したものは除く）

国立国会図書館新聞資料室
早稲田大学演劇博物館（OPAC）：モームの上演記録などを見ることが出来る。

http://ameqlist.com/sfm/maugham.htm#eihoc05　モームの翻訳書のリスト。

朱牟田夏雄・行方昭夫「書誌」『サマセット・モーム――二〇世紀英米文学案内』研究社出版、一九六六年。モームの戯曲の英米での初演年代を確認出来る。

越川正三「モームの戯曲」『英語研究』モーム生誕百周年記念臨時増刊号、研究社出版、一九七四年。

宮地國敬『モームの芝居』英宝社、一九九一年。

劇場用パンフレット『コンスタント・ワイフ』俳優座、一九九〇年。

同『二人の夫と私の事情』シス・カンパニー、二〇一〇年。

同『夫が多すぎて』東宝、二〇一四年。

第三講　世代を越えて読まれるモーム

I

一九五四年に、モームの後期の代表作といえるエッセイ、*Great Novelists and Their Novels* (1948) の改訂版が *Ten Novels and Their Authors* として刊行された。モームはここで一八、一九世紀にかけて発刊された、フィールディング（『トム・ジョウンズ』）、オースティン（『高慢と偏見』）、エミリー・ブロンテ（『嵐が丘』）、ディケンズ（『デイヴィッド・コパーフィールド』）、ドストエフスキー（『カラマーゾフの兄弟』）、トルストイ（『戦争と平和』）、スタンダール（『赤と黒』）、フローベール（『ボヴァリー夫人』）、バルザック（『ゴリオ爺さん』）、メルヴィル（『モウビー・ディック』）らによる古典的名著を論じることによって、各作家の伝記、気質などに多くのスペースを割きながらも、芸術としての小説の意義、文学を読む楽しみを縦横無尽に語ってみせるのだ。

それが出た頃から、日本の各出版社からは競うようにして、個人全集のみか、世界文学全集というスタイルのものが刊行され始める。その時期、世界文学全集を賑わせていた作家たち（モームの選んだ巨匠たちの作品も含めて）は枚挙にいとまがない。その一角にモーム自身の代表的小説も各社の全集・選集の中に収録されていた。そこには、戦前からモームの翻訳に関わっていた中野好夫など、新旧の翻訳者、研究者が名を連ねていた。実は文学全集の流行は、当時の社会的潮流とも無縁ではない。まだ完全ではないが、ようやく衣食足りた生活を送れるようになった人々が、教養としても改めて世界の文学に関心を向け始めたわけであろう。

さらに、上記のモームのエッセイは『世界の十大小説』（岩波新書、一九五八〜六〇年）として、西川正身の名訳で二巻本にて刊行された。これは同じ訳者による『読書案内――世界文学』（岩波新書、一九五二年、*Books and You*, 1940）とともに、当時、あたかも活況を呈していた文学全集の最上の解説本ともなっていたのではないだろうか。もっとも、モームが扱っていた十大小説の出自は、イギリス、アメリカ、フランス、ロシアに限られていたことを思い起こしたい。また、文学全（選）集の選択の幅も欧米のものが数多くを占めているようにみえる。

次に、近年日本で発刊された世界文学に関わる評論集を少しあげてみよう。篠田一士著『二十世紀の十大小説』（新潮社、一九八八年）、池澤夏樹著『現代世界の十大小説』（NHK出版新書、二〇一四年）、また海外の作家によるものでは、南アフリカ出身の作家J・M・クッツェーの『世界文学論集』（田尻芳樹訳、みすず書房、二〇一五年）などである。これらには、現代の小説家、評論家が、二〇世紀後半から二一世紀にかけての文化的潮流を反映させた視点で「世界」や「古典」の意味を再検討、再構築しようとする目論見があるのだろう。西洋諸国よりも、その周辺国、新興国や旧植民地の国々というべきか、旧来の国境を越えた地平で話を展開させる作家たちに注目が向けられているのだ。こうした状況を見ると、伝統的な古典作品とは何かを考える際、私たち旧世代が馴染んできた文学史ではもはや解釈に窮する時代になったことが分かる。

かつては、いわば西洋の近代国家の文明に浴している者のみが、世界を「支配」していたともいえるかもしれない。しかし、ここでは、そういう時代と世界に生きてきたモームの文学の古さ、反現代性などについてとやかくあげつらうつもりはない。ただ、長い生涯、モームが時代にどのように向き合っていたのかという面と同時に、ポスト・コロニアリズム、フェミニズムといった世界の「新しい」文化・芸術・思想上の潮流にも目を配りながら、モームの作品の真実を改めて探したいものである。ここで、モーム没後、モーム文学の両面をバランスよく論じつつ、彼の本質に迫った考察から引用する。

現代の知識人には知的な娯楽を与え、一般大衆に文学の楽しみを教えたという点で、そして自分の信じる小説本来のありかたをあくまで固守したしぶとさの面で彼は現代文学の一隅を占めるだけの仕事を達成していると見るのが正しいと思う。(1)

Ⅱ

先日、朝の民放情報番組中の昭和の東京の街を探訪するというコーナーで、渋谷駅前の交差点から見た街の様子が一望出来る写真が何枚か紹介されていた。そこには、現在の同区域の六〇年ほど前の、何と、本欄（第一講）で掲載した風景写真（とほぼ同じもの）が映し出されていたのである。おそらく、同じ撮影者のものかと思われるが、番組内の写真が鮮明に拡大された形で紹介されていたため、旧大盛堂書店の軒先に掲げられていた「モーム（全集）」の名前がはっきりと確認可能だった。むろん、放送したテレビ局にしても、撮影者にしても、その看板風景を目当てにした意図があったわけではないにせよ、たまたま、敗戦後一〇年近く経った頃の東京の繁華街の原風景として「モーム」が映し出されていたのは興味深い。

これが、一九五四年の秋のこと。第一講で紹介したように、その頃、幼かった私が両親、妹とともに、映画館、東横デパート（現・東急東横店）などに行くために渋谷駅を出た折りに、その光景を目にしたことは十分考えられる。当然、記憶には全くないことだが、後のモームとの関わりを考えると、何やら不思議な縁を感じざるを得ない。上記の看板は新潮社の『モーム全集』刊行を大々的に広告するものであったからである。

その後、モームの一般読書界への浸透は一層めざましいものがあり、一九五九年一一月の彼の訪日の旅や、初代 *Cap Ferrat* の創刊期などを経て、多くのファンや研究者をまき込んで、その人気は最高潮に達したわけだ。しかし、モームの没後（一九六五年一二月）、彼に対する関心は徐々に沈静化していくのである。

その頃高校生だった私は、一種のスクラップ・ブック作りに夢中になっていて、もっぱら新聞記事から得て、そのページを増やしていた。特に分野を選ばず、切り貼りを続けていた。実はその中の一枚に、モームの死亡記事が収められているのだ（『毎日新聞』一九六五年一二月一六日夕刊）。記事内容そのものは、これも前述の拙論にある通りだが、著名な内外の文人は他に幾らでもいたろうに、何故、モームの記事に目をとめたのだろうか。もちろん、それまでモームの作品にふれたこともないし、経歴など一切未知の作家であったが、何かの折に作品か作者のことを耳にしたことがあったのだろうか。

Ⅲ

最後に、私がモームを研究対象として初めて意識した頃を思い出してみる。なお、以下は「退職にあたって」（『信州大学人文学部同窓会会報』第五八号、二〇一四年一一月）という過去の文章の一部を使用したものであることをお断りする。

モームの没後四年経って、すでに文学部の（確か）三年生であった私は、英文学史の授業でモームの半自伝的小説『人間の絆』を紹介され、これこそ自分の読むべき書物ではないかと思い、実際、読了してその通りであることを実感した。これは、モームが少年期の不幸な思い出と決別するために書かれた小説なのだという。挫折と絶望を繰り返す主人公フィリップの魂の遍歴が主題なのだが、小説の山場は、友人の戦死の報を聞き、そのあまりの不条理さに呆然としている時に、博物館に展示されていたというペルシャ絨毯の謎を解くくだりだ。フィリップはかつて、ある友人に人生の意味を尋ねた際、その「ペルシャ絨毯」に答えがあるから、といわれていたのだ。

すなわち、ここでは、生も無意味なら死も無意味、つまり人生が無意味なら、世界はその冷酷な力を奪われたのも同然だという。人生に意味などなく、各自が好きなように（まさに絨毯の織工がそうであるように）絵模様を織りさえすればよいのだと悟った主人公はようやく、生の重荷を取り除かれる。作者モームの大きな魅力は、人生の意義を逆説的に示すことにより、人生探求の歩みを真摯に語っていることに尽きる。長い未来はあるが、挫折することの多い若者にとって、モームの言葉はこれからの人生を生きる上での原動力となりはしないだろうかとその時思ったものだ。

そして今の年齢になってみると、若者と異なり、体力は衰え、未来は限られているかもしれないが、「生も無意味なら死も無意味」と分かれば、徒に悔いの多い半生を嘆き悲しむことなく、気力と希望を失わずにこれからの人生に立ち向かえるのではないか、という作者モームのフィクションの中のペルシャ絨毯に託した想いをくみ取ることが出来る気がする。長らく読み継がれるモーム文学の普遍的魅力の源泉もきっとそこにあるのだろう。

注

（1）行方昭夫「現代英文学とモーム」『英語研究―モーム生誕百年記念号』、研究社出版、一九七四年、四〇頁。

＊モーム協会員による著作、資料を参考にさせていただいた他、幾つかの資料の探索にあたっても、多数の方からの提供を受けた。こうした好意あるご協力がなければ、本論の趣旨を支える十全な裏付けは難しかったであろう。ここで改めて御礼申し上げる。

＊＊本章の考察「サマセット・モームの日本における日本の受容について」は、*Cap Ferrat*（一一〜一三号、二〇一五年〜一七年）に収載された拙論に加筆訂正を施したものである。

講演記録

映画化された短篇集『四重奏』の魅力と問題点

モームの名声が、大西洋の両側で隆盛を極めた第二次大戦後、イギリスの映画会社がモームの短篇を集めて、一本の映画にする企画をたてていました。「人生の実相」('The Facts of Life')、「変わり種」('The Alien Corn')、「凧」('The Kite')、「大佐の奥方」('The Cornel's Laday') の四作品です。[1] この映画は『四重奏』(*Quartet*, 1948) と題されて、モーム自身がプロローグとエピローグに解説者として、書斎らしきところ（セット撮影かもしれません）で幾分寛いだ様子で登場し、自身の創作姿勢を淡々と述べます。'To tell you the truth, fact and fiction are so intermingled in my work that, now, looking back , I can hardly distinguish one from the other ...' という『サミング・アップ』の冒頭にあり、人口に膾炙されているこの表現を本人の口から直接聞くのは考え深いものがあります。デジタル文化全盛期以前に製作された映画ですが、映像の威力をまざまざと見せつけられます。

では、『四重奏』の各挿話の内容を検討してみます。「人生の実相」は「アリとキリギリス」と同じように、世俗的一般道徳への皮肉を若い立場の世代から笑いのめした作品で、ほぼモームの原作の味わいをよくいかしているもの、とだけ言っておきましょう。

二番目の「変わり種」では、一種の芸術家魂の探求という、『月と六ペンス』や芸術家志望の青年が登場する小説で扱われたテーマが取り上げられています。モームの芸術への考え方は、作品中のジョージ・ブランド

映画『四重奏』パンフレット表紙 1951年

（一家の期待を一身に背負っている跡継ぎ）の腕前の判定者であるピアニストが語る「本当に大切なのは、芸術だけなのです。芸術に比べれば、富や地位や権力なんて、少しの値打ちもないんですよ。……私たち芸術家だけが価値あるものなのです。私たちがこの世界に意義を与えるのですわ。他の人たちは芸術家の材料にすぎません」[2]という姿勢によくみられます。ただ、モームは、そうした芸術至上主義にある危い考え方にも皮肉な見方をしています。

しかし原作を知る読者がこの作品の映画版を見ると、主人公ジョージの大叔父であるユダヤ人ファーディが全く描かれていない、と分かります。原作ではユダヤ人という出自を隠して、イギリスの地方紳士階級として生きぬこうとする一家の成り上がり的欺瞞的な姿勢に対するファーディの皮肉が際立っています。こういう背景の中で、若いジョージの芸術家志望の夢が破れるまでの経緯が詳細に辿れる話なのですが、映画でおそらく、当時ユダヤ人に関わる問題に手を染めることは難しかったのでしょう。また時間の制約もあり、一家の背景への言及は一切なく、焦点は演奏の判定にいたるまでのプロセスから醸し出されるサスペンスにあてられている点では、ジョージの演奏の場面での家族の表情のみか、演奏前にピアノの一部が画面手前に見える構図そのものが登場人物ほぼ全員の不安な心理を「語って」いて効果的です。

短篇とはいえ、モームの原作には長篇の素材にふさわしいものが含まれています。しかし、オムニバスの一篇として、多くの要素を映像化するのは不可能です。原作において、ジョージはイギリスでは「異邦人」であるのみならず、家族の中でも居場所のない変わり種（'alien corn'）でしたが、ピアノ修行中のドイツの街（ユダヤ人街など）では初めて自己の帰属場所を見出した気分になります。ですが芸術の世界を目指す限り、必然的に世俗からの（除け者）であり続けるしかなく、芸術に幻想を抱きながら、一流の素質がない（除け者）には死しか残されていないということになります。作品の題名は『ルツ記』やジョン・キーツに由来するようですが、作者はこれに「異邦人」という意味の他、「疎外された者」、「除け者」というニュアンスを込めているのではないでしょうか。映画は、敗戦国ドイツの街を設定するわけにはいかなかったのか、原作のミュンヘンをパリへと変更し、主人公の家系の話を省略した上で、かろうじて「変わり種」の原作のニュアンスが残る物語となったわけです。映画全体の流れの中で、これだけが何か後味の悪い中途半端な幕切れになっているのは、長篇小説の要素のある原作の内、通俗的興味を惹くストーリーをなぞっただけという印象を与えるからでしょう。

次に「凧」の原作にはフロイトへの言及があって、何やら鼻白らむような語りで始まりますが、映画の方はずっと単純で、俗にいうおたく的な趣味に夢中になってしまった男の悲劇から、若夫婦の和解に転ずるという構成になっています。ところが、原作ではある意味で悲劇が悲劇のままで終わっています。母親のもったいぶった歪んだ俗物的価値観が息子の生き方を幼いうちから束縛し、それが結婚する段階になってもその束縛に母親は気付かない。息子は両親ともども、町の共有地での凧揚げに夢中になり、かえりみられなくなった妻との激化する争いは非現実的な様相を呈するほどになります。最後に、友人から「この男（主人公の青年）をこんなにも夢中にさせるなんて、凧揚げのどこにそんな面白いところがあるんだね？」（中野好夫氏訳。次も同様(3)）と問われ、原作の語り手の「私」は「はるか頭上高く、自由に浮かんでいる凧を見ていると、いつのまにか、自分自身が凧にでもなったようなつもりになるんじゃないかしら。……やはり一種の自由と冒険との理想を示しているんじゃないかしら。しかも、人間一度理想という病気に憑りつかれてみたまえ、こいつは、もうお医者様でも草津の湯でも、治らないからね」[4]と答えます。夫婦生活が男の天翔る自由を縛るものという、『月と六ペンス』にみられる作者の姿勢がここでも垣間見られます。あのストリックランド夫人、エイミーが夫の家出の原因が恋愛ではなく、絵を描くことによるものだと悟り、もう夫は帰ってこないと観念する場面を思い起こさせます。

一方映画は、この凧揚げが逆に夫婦和解の一要因となるというか、それを象徴するような、そして原作の趣旨からは逸脱したような終わり方になっているのです。もっとも、このラスト・シーンが映像的な見せ場を作っているのは皮肉です。凧揚げというのは、映画的にやはり最大の見せ所になるようです。ともあれ、この当時の娯楽映画の制作基準からすると、原作にあるような悲劇をそのまま描くわけにはいかなかったのでしょう。

さて、最後の「大佐の奥方」では一見、原作の趣旨を忠実に生かしているようにみえます。地方地主階級の退役大佐という、芸術に疎い実用一点張りの世界に暮らす男のエゴイズムと、にわかにベストセラー詩人になった夫人の夫という微妙な立場にいる男の居心地の悪さとが小気味よく各場面で皮肉られ、観客は最も楽しめる作品として、鑑賞出来ると思われます。ところが、原作幕切れの台詞「どうしてもこれだけは分かりそうもないのだがね。つまりだな、相手の青年は一体女房のどこが気にいったんだろうか」[5]の後に、映画の製作者は独自の解釈を加えます。帰宅した夫の詰問に対して、夫人の作品中の禁断の恋の相手は、若い頃の夫自身だったということが、妻によって打ち明けられるところです。小説ではこの解釈はないので、その皮肉な辛辣さにおいてひときわ鮮烈な読後感を読者に与えることでしょう。何でも分かっていたはずの女房の人となりが、彼には全く分かっていなかった。恋の相手が紳士かどうかをまず心配するような男の幕切れの台詞としては、いかにも自然なものではないでしょうか。

しかし、映画『四重奏』全体の色調として、また「大佐の奥方」が四つの挿話の掉尾を飾るものという理由から、原作とは異なる形に持っていかざるをえなかったのです。原作では妻の言い分が何も語られていない点に着目して、最後に彼女に内心を語らせた部分は映画の独創として評価できるでしょう。たとえそこに何かとってつけたような夫婦の絆の再確認物語という、モームの原作からは離れたものになっていたとしても。

当時イギリス映画界（とは限りませんが）には、検閲の問題とも絡みますが、映画は一般大衆が観る娯楽作品である、とする映画会社やプロデューサーの姿勢が現在より強固なものであったために、完成した映画は必ずしも原作通りにはならなかったのです。世の常識に楯突いた感じのユーモアが楽しめる「人生の実相」、一番劇的な「変わり種」、若夫婦のすれ違いの心理と愛憎を描く「凧」、そして心地よいエンディングが控えている「大佐の奥方」。ほぼ中流階級（中層上流も含め）のイギリス人の人生模様を軽いユーモアで包んだ作品はそれなりに大人向けの映画として評価を受けるべきでしょう。また原作との違いに徒に目くじらを立てるよりも、逆にそういう映画に出演してしまうモームのしたたかさに想いを馳せたいものです。

「大佐の奥方」の監督ケン・アナキンは一九六〇年代、『史上最大の作戦』（共同監督）、『素晴らしきヒコーキ野郎』、『バルジ大作戦』といった大スターを連ねたハリウッドの大作を演出し、世界的なヒット作品を次々と生み出した人です。この『四重奏』では一家庭に起きた小波のような出来事を描きつつ、ベテラン俳優の演技の最良の部分を引き出し、ドラマチックな演出を心がけている、そんな姿勢が彼の後の飛躍につながったのでしょう。

『四重奏』が製作されたころ、日本では占領中ゆえにすぐには輸入されず、一九五一年になって漸く公開の運びとなりました。この映画は英米では上質な娯楽作品として評価が高く、その後『三重奏』『アンコール』という、スター並みになった(!)モームが再び解説役で登場する同趣旨のオムニバス作品が生まれます。ところがどれも日本では未公開に終わっています。このシリーズで唯一陽の目をを見た『四重奏』の日本での評価が、「いわゆるオムニバス映画の先駆。四つの小話に共通するテーマは、律儀なイギリス人気質を軽いユーモアで描いた点にある。[6]」という程度のものだとすると、疲弊しきった国土の人々がこうした洒落た映画を映画館で心から楽しむ余裕はまだとてもなかったのではないかと想像されます。

注

(1)脚色者 R. C. Sheriff による台本 *Quartet* (New York: Avon Publishing Co., 1949) が出版されているが、映画 (J Arthur Rank Rank/ A Gainsborough Picture, 1948) の台詞は必ずしもすべてがこれに基いて撮られているわけではない。
(2)Maugham, 'The Alien Corn'. *The Complete Short Stories* II (London: Heinemann, , 1978), p. 562.
(3)モーム、中野好夫訳『凧・冬の船旅〈英米名作ライブラリ〉』英宝社、一九五〇年、五九頁。
(4)'... And you know, when a man once gets bitten with the virus of the ideal noto all the King's doctors and not all the King's surgeons can rid him of it.'
(5)'The Colonel's Lady', *The Best Short Stories of William Somerset Maugham* (New York: Random House, 1957), p. 394.
(6)田中純一郎『日本映画発達史——戦後映画の解放』中公文庫、一九七六年、三八四頁。

＊映画『四重奏』記録
製作会社　英ゲインズボロ映画
製作　アントニー・ダンボロー
原作　サマセット・モーム
脚色　R・C・シェリフ
撮影　レイ・エルトン、レジノルド・ワイヤー
音楽　ジョン・グリーンウッド

第一話　人生の実相
監督　ラルフ・スマート
出演　ジャック・ワトリング、マイ・ゼッタリング

第二話「変わり種」
監督　ハロルド・フレンチ
出演　ダーク・ボガード、オナー・ブラックマン

第三話「凧」
監督　アーサー・クラブツリー
出演　ジョージ・コール、スーザン・ショー

第四話「大佐の奥方」
監督　ケン・アナキン
出演　セシル・パーカー、ノーラ・スウィンバーン
VHS　SONY　二時間

＊＊本エッセイは、二〇〇七年一月一四日東洋大学にて開催された日本モーム協会臨時総会例会での『四重奏』解説を補足・再構成したものだが、出演者のエピソードやモーム作品の映画化の背景などへの言及は省いた。当日の意見交換の場では触発されることが多々あり、改めて会員の方々に感謝申し上げたい。

あとがき

本書『現代に生きるサマセット・モーム』が世にでるまで様々な曲折があった。ここでひとこと申し上げたい。学部時代、英文学を専攻し、モームを卒業論文で執筆したが、その後紆余曲折があり、大学院で英文学を歴史的に少し遡って勉強する必要を感じ、イギリス一八世紀の散文・小説を読み始め、修士論文は『ガリヴァー旅行記』におけるスウィフトの諷刺の姿勢を取り上げた。そして、就職後何年かして、モームについて本格的に論じる機会を得た。それが本書の六章に収めた「モームの作品に見る卑俗な人間たちの反俗性」である。以後、ほぼモームについての論考を中心にした研究にいそしむ日々が続いた。また、元々、フィールディング、オースティン、ディケンズなど、諷刺的喜劇的要素のあるイギリスの作家たちに興味があったのだが、二〇世紀に活躍したモームにもその傾向が強く出ており、研究方向がはっきりしたことを感じたからである。

ここでその間、熱心に指導してくださった先生がたには厚く御礼申し上げる。また内外の研究仲間や友人との交流、学生たちとの授業などにおける発表討論を通じて、数々の刺激を受けた。さらに職場の同僚及び個人的に主宰するモームを読む会の同人の方々とは毎回、実に楽しい経験を持った。ことに、旧同僚のデイヴィッド・ルジチカ氏からはこちらのイギリス言語文化事情の背景的空白を埋めてもらったことにも感謝したい。

最後になったが、本書の刊行にあたり、力強く後押ししていただいたモーム研究の第一人者で日本モーム協会会長の行方昭夫先生には厚く感謝の意を表したい。このご支援なくしては、今回の出版はなかったといえる。そして、同時に、音羽書房鶴見書店の山口隆史氏からは、初めての単著執筆に右往左往する筆者が様々な局面で助けられたことに心から御礼申しあげる。

本書の表紙絵については知人の画家成瀬政博氏からのご協力を仰ぐことが出来たのは幸いであった。直接モームとは関係がないが、氏が題材にしばしば「月」を描いていることに、縁を感じている。

二〇一九年十二月吉日

清水 明

図版写真出典一覧

1-1　「ため息の橋」 J・E・ミレイ作　1858 年　『ジョン・エヴァレット・ミレイ展』カタログ　朝日新聞社　2008 年
1-2　19 世紀ロンドン、ランベス地区　Frederic Raphael, *Maugham and his world* (London: Thames and Hudson, 1976), p. 22.
1-3　ロンドン、サウスバンク・センター　筆者撮影　1994 年
1-4　20 世紀初頭のウェストミンスター橋の交通風景　絵はがき

2-1　モームの小学生時代 Raphael, p.12.
2-2　故郷ウィスブルの牧師館前のおじと幼いモーム　1885 年頃　Raphael, p.13.
2-3　モームの写真　1911 年頃　絵はがき
2-4　映画『痴人の愛』 1934 年　ロンドン NFT（国立映画劇場） 上映カタログ　1995 年
2-5　映画『人間の絆』 1964 年 7 月 3 日　日本公開時の朝日新聞夕刊広告
2-6　「春の祭典」 アルマ・タディマ作　1879 年　『ラファエル前派とその時代』カタログ　東京新聞　1985 年
2-7　サリヴァンとギルバートの風刺絵　*The Theatre Museum* (London: Scala Books, 1987), p. 62.
2-8　ロンドン、サヴォイ劇場 *Patience*（サリヴァンとギルバート作）のプログラム表紙　1881 年　（2-7 引用元 63 頁より）
2-9　映画『人間の絆』日本経済新聞評より　1964 年 7 月 2 日夕刊　ローレンス・ハーヴェイ（手前）、キム・ノヴァク（奥）
2-10　映画『人間の絆』 ロン・グッドウィン作曲　サウンド・トラック LP ジャケット表紙　MGM レコード　1964 年　写真はキム・ノヴァク

3-1　映画『ゴーギャン　タヒチ、楽園への旅』 宣伝ちらし　2018 年
3-2　「夢」ゴーギャン作　1879 年　絵はがき
3-3　モームと妻シリーの写真　1917 年　Pauline C. Metcalf, *Syrie Maugham* (New York: Acanthus Press, 2010), p. 19.

4-1　第一次大戦期、赤十字野戦病院隊　1915 年　Raphael, p. 42.
4-2　モームの肖像画　ジェラルド・ケリー作　1920 年代末　Raphael, p. 65.

5-1　『ハーパーズ・バザー』表紙　1930 年 2 月号
5-2　同誌「お菓子とビール」に掲載された挿絵　連載第 1 回 64 頁

5-3 同上挿絵 語り手の故郷ブラックスタブルのメイン・ストリート 66頁
5-4 モームの故郷ウィスブルのメイン・ストリート 1890年頃 Raphael, p. 13.
5-5 モームの写真 1930年代初頭 Ivor Brown, *W. Somerset Maugham* (London: International Textbook Company, 1970), p. 13.

6-1 「モームの極東」〜マラッカ湾港の写真（1920年代前後）Raphael, p. 55.

7-1 来日時、記者とファンに取り囲まれるモームの写真 1959年 『週刊朝日』1959年11月29日号
7-2 夫マイケルの支配人室に飾られた「芝居絵」ツォファニ作 モーム・コレクション
7-3 女優セーラ・シドンズの肖像画 1782年頃 *The Theatre Museum*, p. 110.

8-1 映画『クリスマスの休暇』パンフレット表紙 1947年
8-2 同シナリオ対訳本表紙 國際出版社 1947年

9-1 『剃刀の刃』兵隊文庫表紙 1943年
9-2 『レッド・ブック』誌表紙 1942年1月号
9-3 同誌表紙 1942年4月号
9-4 モームの写真 1946年頃 Brown, p. 61.

10-1 映画『四重奏』より「異質なる者」の一場面 Raphael, p. 77.
10-2 *Among the Nations* 表紙 (Philadelphia: The Jewish Publication Society of America, 1948)

11-1 京都で芸妓の舞踊を楽しむモーム 'Geisha Gambol for Mr Maugham' (*Life*, December 14, 1959), p. 133.
11-2 渋谷駅前交差点と街頭の写真 1954年秋頃 写真集 ©『渋谷の記憶II~写真でみる今と昔』渋谷区教育委員会 2009年3月 58頁
11-3 映画『剃刀の刃』帝国劇場パンフレット表紙 1948年
11-4 『モーム全集』（新潮社）朝日新聞広告 1954年11月1日
11-5 『報いられたもの』パンフレット表紙 『民藝の仲間』編集部 86号 1966年

講演記録

映画『四重奏』パンフレット表紙 1951年

索　引

著者紹介

清 水　明

信州大学名誉教授

1978年弘前大学教養部講師、助教授を経て、1986年信州大学人文学部助教授に転任。その後、教授として勤務し、2014年3月停年退職。

主な著作

大神田丈二、太田雅孝、津久井良充編『読みの軌跡——英米文学試論集〈前川祐一教授還暦記念集〉』(共著)、弓書房、1988年。

『たのしく読めるイギリス文学——〈作品ガイド150〉』(分担執筆)、ミネルヴァ書房、1994年。

『ガリヴァー旅行記——〈もっと知りたい名作の世界⑤〉』(共編著)、ミネルヴァ書房、2006年。

『〈平和〉を探る言葉たち——二〇世紀イギリス小説にみる戦争の表象』(共著)、鷹書房弓プレス、2014年。

主な訳書

ジェイン・オースティン著、都留信夫監訳『美しきカサンドラ』(分担訳)。鷹書房弓プレス、1996年。

ポール・ポプラウスキー編著、向井秀忠監訳『ジェイン・オースティン事典』(分担訳)、鷹書房弓プレス、2003年。

アントニー・トロロープ著、都留信夫編・津久井良充編訳『電信局の娘——アントニー・トロロープ短篇集I』(分担訳)、鷹書房弓プレス、2004年、他。

William Somerset Maugham:
A Writer 'Living' for the People in Uncertain Times

現代(いま)に生きるサマセット・モーム

2020年3月1日　初版発行

著　者　清水　明
発行者　山口隆史
印　刷　シナノ印刷株式会社

発行所　株式会社 音羽書房鶴見書店
〒113-0033 東京都文京区本郷4-1-14
TEL 03-3814-0491
FAX 03-3814-9250
URL: http://www.otowatsurumi.com
email: info@otowatsurumi.com

Printed in Japan
ISBN978-4-7553-0416-3 C3098
組版　ほんのしろ／装幀　北山亨（元亨社）
装画　成瀬政博
製本　シナノ印刷株式会社